昼の月

平林鈴子

はじめに

愛犬シロと散歩に行き、畑を耕し、本を読む。私の毎日は昼の空に浮く月のように他愛なく、凪のように静かです。ですから季節の移ろいを大きな変化に感じられる時があります。昨日とはちがう風の匂いや虫の羽音。

二十四節気と七十二候の暦になぞって文章を書き始めたころ、新型コロナウイルス禍になりました。やがて先が見通せない状況に不自由さを感じていきました。まるで思春期のころのようでした。急に大人になれるはずもないのに、毎日一枚ずつ幼さを脱いでいかなければならない、と思い込んでいるような。それでも夫は以前と変わらず粛々と仕事をしていましたし、シロは散歩に連れ出してくれました。そして野菜はみずみずしく育ちました。悶々と足踏みをつづける私のうえで確かに季節は移ろいつづけている。

過去を思い出し、今を見つめる時間がたくさんありました。記憶の中の私はいつも会話音痴でした。お世話になった方にきちんとお礼を言えないほど不器用でした。今も相変わらずです。どうしようもない自分を書くことで、感謝の気持ちを伝えられるのではないかと思っています。助けて下さった方へ、今も支えてくれるひとへ届きますように。

カフェで聞こえてくるお喋りに耳を傾けるときのようなふわりとした気持ちで読んでいただけたら幸いです。

平林鈴子

目次

第一章　朧月

第二章　涼月

第三章　月兎

第四章　寒月

第一章

朧月

二月八日　東風解凍《はるかぜこおりをとく》

二十四節気「立春」の初候、春の風が川や湖の氷を解かし始めるころ

愛犬シロと散歩に行こうと玄関を開けた瞬間、春のにおいがした。立春をむかえて五日目の朝だ。寒さで小さくしぼんだ体がムクムクとふくらむみたいだった。

あぁ、種まきができる。

我が家には畑がある。シロの名前をかりて「シロのPotager《ポタジェ》」と呼んでいる。およそ一六〇坪の半分に果樹を十九本植え、半分で野菜を育てている。

冷蔵庫で保管している種の箱を開けると、四十五品種の種袋が行儀よく並んでいる。私はうっとりする。まるで宝石箱を眺めるみたいに。そして、リーフレタスの種を取り出す。これは五年前に購入したもの。家庭菜園をはじめた時に買ったのだ。一年一年発芽率が下がっていくから、種は購入した年に使い切るほうが良い。けれども、使い切れず四年間まきつづけた。去年は、レタスに急《せ》き立てられるように食べては収穫して、また食べた。きっと今年も発芽し

てくれると信じてまくことにした。

物置から育苗ポットとスコップと種まき用土を運び出す。土袋の重さに一瞬間狼狽《うろた》えるけれど、今年も畑仕事が始まるのだと心が弾んだ。

何株育てようか、うまく育たないかもしれない、あの人にお裾分けしたいなどとあれこれ考えるから、つい種をまき過ぎてしまう。結局、十株育てることにした。

種まき用土は腐葉土に比べてサラサラしている。この土袋の中に手首までうずめる感触が好きだ。ひんやりしていて気持ちが良い。指が根っこのように伸びていく錯覚をしばらくの間楽しんでから、土がこぼれないようにポットに入れていく。この土の中にまかれる種もさぞかし気持ちが良いだろう。

小さな種を土の上へ置く時はひと粒ひと粒に声をかける。「発芽するんだぞ」「母ちゃんがみてるよ」「何も心配せずに出ておいで」「よしよしいいこだ」「きゃわゆいねきゃわゆいねぇ」

私は、いま、春を満喫している。

二月九日　黄鶯睍睆《こうおうけんかんす》

二十四節気「立春」の次候、春の訪れを告げるウグイスが鳴き始めるころ

コロナ禍になり、お化粧をする機会が減った。自粛生活に加え、たまの外出もマスク着用のためほとんどお化粧をしていない。

外出しない日はすっぴんという私に「女として終わってる」と言った人がいた。二十代のころに通っていた会社の先輩だ。彼女は毎日、目覚めるとまずお化粧をするのだという。「日々の美意識が数十年後のキレイにつながる」らしい。いつも甘い香りのする先輩が言うと説得力があった。けれど、面倒なのだ。いったい誰のためにファンデーションを塗り、チークをのせて、眉を書き、口紅をひくのか。思いがけず知り合いに会っても、私の顔などまじまじと見やしないと開き直ってもいる。

お化粧は怠るが、気をつけていることがある。私の真顔は怖い。だから周りの人に恐怖を与えないよう、笑顔をこころがけている。けれど、これも正直面倒。気を抜いていると「怒って

るの？」とか「つまらない？」と聞かれる。寛いだ状態なのだが、説明してもなかなか信じてもらえない。「すごく楽しいよ」と言葉にすると余計に嘘っぽくなる。

笑顔は、何も持っていなくても相手に与えられるもの、「日本人の心だ」と教わったことがある。とはいえ、現代の日本人は笑顔にこだわりすぎてはいないだろうか。私の目にはそう見える。写真でも笑顔を強要される。無理やり口角をあげてみるが目が笑っていないから、大体ひどい顔になる。坂本龍馬や与謝野晶子だって教科書に載っていた顔は笑っていなかった。夏目漱石はもの憂げなポーズまできめているじゃないか。私があんな風にしていたらきっと「すかしてる」と言われてしまう。

顔は怖いけれど心では笑っているとわかるグッズがあればいいのにと思う。たとえば、楽しい時にピンクに光るイヤリングとか、犬の尻尾のようにふわふわ揺れるピアスとか。私の心の状態がはっきり示されれば相手も納得するだろう。しかし、よく考えるとまずい。笑ってはいけない場面でピアスが揺れていたら問題だ。やはり心と顔がチグハグではよくない。それでは「怒った顔はもっと怖いです」と書かれたステッカーを額に貼るというのはどうだろう。これなら真顔のままでも安心してもらえるかもしれない。いやもっと怖がられるかもしれない。真顔の怖さを和らげる方法は、やっぱり笑顔をこころがける他ないのだろうか。

二月十四日　魚上氷《うおこおりをいずる》

二十四節気「立春」の末候、割れた氷の間から魚が飛び出すころ

今年のバレンタインは源氏パイを焼いた。余っていた冷凍パイシートを使って、三十分もかからなかった。

「チョコレートケーキを作るはずだった」とか「体調不良がつづいて買い物に行けなかった」とか、夫が源氏パイを食べている間、私は、ずっと、言いわけをしていた。あんなに言いわけをしなくても良かったのに。言いわけなどしないほうが良かったのに。

毎年、半月前からレシピを考え一日がかりでお菓子を作る。これほどまでに簡単に作ったのは夫と出会ってから初めてのことだ。三十分で仕上げた源氏パイは、あまりおいしくなかった。レシピは失敗しようがないほど簡単だし、何度も作っているのに上手くいかなかった。甘く採点しても五十五点だ。「愛情は入っとります」とか「さっぱりしてるでしょ」などと言い、いい加減に作って失敗した源氏パイを正当化しようとするのもさもしい。

ああ、苦いバレンタインだった。

ところで、バレンタインってなんだ。起源だの習慣だの、この際どうでもいい。本命チョコ、義理チョコ、友チョコ、逆チョコ、マイチョコ、ファミチョコ、一体全体なんなんだ。だいたい義理チョコって失礼ではないか。あなたは私にとって本命ではございませんが、二月十四日に顔を合わせるのでどうぞという意であろう。そんな不人情なものを渡しておいて、一ヶ月後にもらうお返しがショボいのは不義理だと言う。だとしたらなんて恐ろしい。鬼だ。鬼チョコだ。

本命チョコレートもしかりだ。クラスメイトに見つかったら茶化されるというリスクを背負いながら学校に持参する女子中学生の緊張は如何ばかりか。時限爆弾を鞄に入れて授業を受けるようなものであろう。中年になった私さえ本命チョコのプレッシャーは重くのしかかる。近年、職場での義理チョコが自粛傾向にあるとかで、夫はゼロチョコの年がつづいている。かわいそうじゃないか。数じゃない、質なのよという妻の思いを形にしなければならない。

我々は試されているのだ。バレンタインデーは勇気や心意気を試される日。

そして、ホワイトデーは、センスと太っ腹が試される日だ。

二月十九日　土脉潤起《つちのしょううるおいおこる》

二十四節気「雨水」の初候、あたたかな春の雨が降って大地が潤うころ

「几帳面」の反対語を調べると「出鱈目《でたらめ》」とあった。私は、大雑把で出鱈目。けれども、キレイに整列しているものが好きだから、少々面倒くさい。たとえば洗濯、誰かに見せるわけではないし、乾き具合に差がでるわけでもないのに洗濯物は種類別、色別に干す。ひとつのピンチハンガーにぴったりの枚数のタオルが干せると「今日は幸先いいな」と思う。ややもすると、物干しをぼんやり眺めていたりする。

思い返せば、母も干した洗濯物を眺めるのが好きだと言っていた。子どものころは、だからなんだと思っていたが、今は強く共感する。けれども、干し方が少し違う。畳み方も少し違う。私は靴下を二枚重ねて踵《かかと》部をパタンと二つ折りにするが、母は口ゴム部をクルリと裏返す。私は靴下を箪笥に立てて並べて仕舞うが、母は重ねて仕舞う。少しでも乱れていると靴を左右反対に履いているみたいな気持ち悪さを感じる。

洗濯物の扱い方がちがう母と私だが、どちらも洗濯物に支配されているところがある。洗濯物が雨に降られることを恐れるあまり、出先で雲行きが怪しくなるとソワソワする。評判のレストランも話題の映画も楽しめない。不安な日は部屋に干して出かければ良いのに、できる限り風にあてたい。だから、どっちつかずの日に母と出掛けると帰宅が早まる。

何度も言うが、けっして几帳面なのではない。洗濯物へのこだわりを母から譲り受けただけで、他はむしろ緩い方だ。先日もスーパーの精算中に所持金が足りないのではとヒヤヒヤしたし、家にカレールーが二箱あるのに一箱買って来てしまったりする。畑で畝《うね》の脇から芽が出てきたりもする。

けれどもやっぱり、並べられるものはキチンと並べたい。ウィンドウショッピングでも、服を見るというより、服が規則正しく並んでいる様を見ることで満足する。ファストファッションのお店で店員さんが次から次と服を畳んでは並べ直している姿に、うっとりする。

今日は久しぶりに晴れて陽射しがあたたかい。予定していなかったシーツやクッションカバーを洗ったが、上手に干せた。普段とちがう眺めでいい気分だ。

さて、カレーを作ろうか。

二月二十四日　霞始靆《かすみはじめてたなびく》

二十四節気「雨水」の次候、遠くの山々に霞がかかってぼんやりと見えるころ

今朝、シロのPotager の梅の木に白い花が咲いた。

梅の花を見ると梅子さんを思い出す。梅子さんは私が介護施設で働いていたころの入居者さん。まあるい表情でコロコロと笑う方だった。キュートなお人柄からスタッフのみんなに「梅ちゃん」と呼ばれていた。大病の後遺症といくつかの持病を抱えておられたが、リハビリに積極的に取り組んでおられた。

ある朝、「梅子さん、おはようございます」と声をかけた私に「おたくは梅ちゃんって言わないねぇ」とおっしゃった。

「梅子さんは梅子さんだから…」

我ながら幼稚だと思う答えしか出てこなかったのだけれど、思いがけず梅子さんからお礼の言葉をいただいた。寒さに耐え花を咲かせる梅の花のような強い子になってほしいというご両

親の願いから、この名が付けられたのだと教えて下さった。どうりで、梅子さんは頑張り屋さんなのだと納得した。

梅の蕾《つぼみ》は、梅子さんがはにかんでいる時のまあるい頬のようで。蕾が膨らんで弾けて、開きかけた花からは「うふふ」という梅子さんの笑い声が聞こえてくるようだ。そうして、次々と咲いた梅の花びらを見ていると、笑顔が見たくてこっそり梅子さんをくすぐったりした悪戯《いたずら》を思い出す。

名前のお話を聞いたあの時、私は、梅子さんは赤色でもピンク色でもなくて真っ白な梅の花って感じがしますと梅子さんに伝えたかったのだけれど、キザなような気がして言えなかった。「へえ」と相づちをうち、静かに聞いていただけだった。

数か月後、私は結婚を機に退職した。そして、数名の入居者さんからお祝いの手紙をいただいた。その中には、梅子さんからの手紙もあった。宛名には「カサブランカのような貴方様」と書かれていた。

三月一日　草木萌動《そうもくめばえいずる》

二十四節気「雨水」の末候、草木が芽吹き始めるころ

今朝の散歩はとても気持ちが良かった。春の匂いがして空気はまだ冷たくて、たくさん歩いても汗をかかない。シロの背中からも爽やかな気色が伝わってくる。

シロの背中は案外おしゃべりだ。そして猫背。シロだけではない。他の犬もオスワリすると、だいたい背中が丸い。なぜ〝猫〟背なのだろう。調べてみた。家猫は奈良時代のころ大陸から渡来したとされ、平安時代に唐猫として貴族の日記や物語の中に現れたとされている。しかし野生猫の骨は古墳時代以前の遺跡からも出土しているのだとか。また室町時代からは庶民にも飼われていたとあった。なるほど、猫とは古いつき合いというわけだ。

そんなわけで猫に喩《たと》えたことばはたくさんある。猫舌、猫足、猫っ毛、猫柳、猫の額。猫を用いたことばも、猫だまし、猫を被る、猫なで声、猫糞《ねこばば》なんてのもある。猫に小判のようなことわざも。調べてみると、きりがないくらいあった。

不思議なことに、良い印象のことばは少ないようだ。猫好きはこの事実に納得しているのだろうか。「犬は三日の恩も三年忘れず、猫は三年の恩を三日で忘れる」なんてことわざは、気の毒でさえある。猫はそんなに薄情なのだろうか、動物なんて気まぐれなものだろうに「飼い犬に手を噛まれる」ことだってあるのに。

シロには今のところ噛まれたことがない。仔犬のころ、ドッグトレーナーさんに「人間の肌にシロの歯が触れることさえ駄目」と教わりながら躾《しつけ》たからだろう。そのお陰で、初対面の人にもあまり心配なく挨拶ができる。もともと滅多に吠えないのも手伝って、撫《な》でてもらえることも多いのだけれど、シロには好みがあるらしい。嬉しい時は耳が倒れて飛行機の羽のようになり尻尾が揺れる。怖い時は尻尾が下がり、怒っていたり威嚇したい時は背中の毛が盛り上がる。楽しい時は頭と尻尾が上に向き背中はまっすぐだ。

多くを語らず、顔にはださず、背中で語る。シロは私の理想の男なのである。

三月七日　蟄虫啓戸《すごもりむしとをひらく》

二十四節気「啓蟄」の初候、冬ごもりしていた虫が姿を現すころ

着る服を間違えた。電車の扉が開いた時、そう思った。

今日は、月に一度の通院日。田んぼに囲まれた我が家から町に出かける日だ。電車には、たくさんの人が乗っていた。

昨日はあたたかかったのに、今朝は寒い。梅の花が咲きはじめたし、膝までのダウンコートを着るのはちょっぴり野暮な感じがして、薄手のダウンジャケットを選んだ。電車に乗り込むころには、スマホが滑り落ちそうなほど手がかじかんでいた。

電車の中の人はみんなあたたかそうな恰好をしている。マスクまで隠れるボリュームのマフラーを巻いた女性。襟がボアになっているブルゾンを着た男性。毛布で覆われたベビーカーの中の赤ちゃんはニット帽を目深に被せられていた。指が痛く感じるほど寒いから、ダウンジャケットの袖からトレーナーの袖を引っ張り出そうかとも考えたけれど、やめた。

〝萌え袖〟は最近知った言葉だが、私が中学生のころにもあった。あのころは細眉が流行《はや》っていた。流行に敏感な同級生たちは眉毛のほとんどを抜いてしまってから眉墨で線を引いていた。平安時代の女性のお化粧方法と似ている。そして、体操服の袖を引っ張り、指の第一関節か第二関節まで隠れた手で口を覆って笑う。ゆったりとした衣服ではなく、二本線が入った紺色ジャージだから見ていてお腹の底がむず痒《がゆ》かった。私がトライすると〝妖怪手長《てなが》〟みたいだった。

先日、友人が「娘は、お昼休みの時間が一番嫌い」と教えてくれた。娘のKちゃんは、通っている中学校でマスクを外すのが怖いのだとか。好きになりかけた男子の素顔が好みでなく、ショックだったことが原因らしい。平安時代の女性のように、扇子や下敷きで顔を隠しながらお弁当を食べたらどうかと提案したら、「よけい目立つ」とKちゃんにいさめられた。コロナがおさまった時、ナイーブなKちゃんはどうしたらよいのだろうか。マスクを着用しつづけたい生徒に対し、学校側はマスク禁止という校則を作るかもしれない。その時は、素顔の学校生活に慣れるしかないのだろう。

病院に着くと、待合室の椅子に女性がひとり座っていた。彼女は全身黒色の服に黒色のマスクをしている。鞍馬天狗のようで格好いい。トライしてみようかしら。

三月十一日　桃始笑《ももはじめてさく》

二十四節気「啓蟄」の次候、桃の花が咲き始めるころ

大切なことなのに、てんで駄目なことってないだろうか。私にはたくさんあって、乗り越えなければならない壁のひとつにお金のことがある。どうもその手の話は苦手なのだ。中学生の社会の授業で株の話がでてきたけれど、全く興味が持てず頭に入ってこず、テストは赤点だった。そして社会とお金の仕組みを理解しないまま社会人になった。初めて手にした給料の総支給額と手取りの額が違うことに疑問を持たず、そういうものなのだろうと思う程度だった。結婚してからは家計管理を夫に頼り、ますます無頓着になっていった。

何かほしい物があっても値札を見ることはほとんどない。予算オーバーなら買えないなと思うだけで、お店をはしごして安価な品を探すなどということもしない。ポイントカードはよく行く書店のものを一枚持っているくらいだった。

今ごろになって、お金に興味がでてきたのには、株について勉強しだしたとか、そういうの

ではない。株なんてのは雲の上の人のすることだと思っているし、莫大なお金を手にしたいわけでもない。いや、なくはないか。少し欲が出てきたというのか、自分でお金を稼ぎたくなったというのが正直な気持ちだ。四十歳まで会社勤めをしていたから給料を手にしていたわけだが、稼いでいるという自覚は全くなかった。生活にまるで余裕がない時でも自分の銀行口座に毎月いくら振り込まれているのか知らなかったくらいだ。それよりも仕事の内容や時間へ執心していた。

プリンひとつ買うのにも夫に伺いを立てる自分が情けないこともあるが、夫の稼いできたお金を無駄遣いしてはいけないという思いに気詰まりを感じる。一本六十八円のキュウリを三本買おうか五本入りで三百三十円のキュウリを買おうか散々悩んで、一本当たり二円安い五本入りを買う。それを一本腐らせてしまった時、居たたまれない気持ちになる。夫が働いて得たお金六十六円を私が今ゴミ袋に捨てるのだと。だからせめて毎月一万円でも自分で稼ぐことができたなら、一万円分気持ちに余裕ができるのではないかと思うのだ。

ということで、最近、フリマアプリの使い方を覚え、不用品を出品している。少しずつだが売れるとほくほくする。出品した物の多くは夫のお金で買った物だから、結局、これも夫の稼ぎになるのだろうか。

三月十六日　菜虫化蝶《なむしちょうとなる》

二十四節気「啓蟄」の末候、青虫が蝶になるころ

整った顔で高身長、作詞作曲をして歌を歌い、ドラマや映画にも出演する。彼が関わった作品はどれもこれもヒットしている。バラエティ番組ではうっすらと毒気を含ませた軽妙な語り口で、同席するお笑い芸人さんより場を沸かせていた。そんなテレビの中の福山雅治氏をぼんやり眺めながら「この人、欠点とかあるんかな」と呟いた。一緒に居た姉は、しばらく無言のあと「足めっちゃ臭いんちゃう」と言った。「しょうもな」と言ったあと、じわじわと面白くなり、どちらともなく笑い出した。涙を流しながら笑う姉に「なんでそんなしょうもないこと思いつくん」とたずねると「いやいや鈴子が昔言うててんで」と言われ、はっとした。

姉は、幼いころから誰かと自分自身を比べては落ち込む癖があった。マサミちゃんはしっかりしているのに私は全然ダメだとか、ジュンコちゃんはかわいいし服のセンスもいいけれど私はダサいとか。そんな、嘆きにも近い姉の言葉は自分に向けられた鏡のようで私の気持ちをも

重くさせた。だから姉を、私自身の気持ちを和ませたくて、いつも、くだらない言葉を探していたのだった。「もしかしたらマサミちゃん、めっちゃ足臭いかもよ。悩んでるかもよ」

いつからか、誰かを羨《うらや》んで息苦しくなることはなくなった。姉と離れて暮らすようになったからか、年齢を重ねて心のアンテナが鈍麻したのか、あまり焦らなくなった。今でも自分に満足はしていないし、これができるようになりたいとか、ああしたいという気持ちが噴き出してくる。まるで活火山の噴気孔のようにシュウシュウと噴き出す。毎日噴き出す。けれどもそれは、私を追い立てない。前進するために士気をあげるとか、そういう強い感情でもない。じんわりと私を励ます。たとえば、寒い一日の終わりにキレイに掃除されたお風呂にお気に入りの入浴剤を溶かして入る時の感じに等《ちか》い。少し熱めのお湯に首までつかり、冷えきった爪先がジンジンと温まる。入浴剤はヴァーベナの香りがいい。柑橘系の爽やかな香り。甘くなくキリリとしているが青臭くなく清潔感がある。この自分には似合わないお湯にたゆたう時、私だけが知っている特別な方法で自分を大切にしている気分になる。そして「ああ、明日も頑張れそうや」と声がでる。

欠点などおよそ持ちあわせていないように見える人に出会った時、見つめる時、私はヴァーベナの香りにつつまれる。

三月二十一日　雀始巣《すずめはじめてすくう》

二十四節気「春分」の初候、雀が巣をつくり始めるころ

美大生のころ住んでいた寮の一室には、七十歳くらいの管理人ご夫妻が住んでいた。奥様の姿はあまり見かけなかったが、男性の管理人さんにとてもお世話になった。

入寮した日、私は掃除をしていて困った。九階にある部屋のベランダに鳩の巣があったからだ。巣には卵があり、親と思われる鳩が頻繁にやってくる。糞も大量に落ちていて洗濯物が干せない状況に困り果てた。ガスや電気の説明に来た管理人さんに相談すると、管理人さんは「ああ」と言い、卵を九階から放り投げた。一瞬の出来事に声が出ず、わなわなしていると「ちょっと待っとれ」と言い出て行った。数分後ゴミ袋を持って来た管理人さんは、巣をゴミ袋に入れて戻って行った。私は、しばらくの間、膝が震えて動けなかった。

衝撃の出会いから三年間、私は管理人さんを「おじさん」と呼び頼った。怒ると怖いおじさんを寮生の多くは煙たがっていたけれど、私の目には頼もしく映った。おじさんの存在が、漠

然とした一人暮らしの不安から私を守ってくれていた。寮のルールを守っていれば、おじさんは怖くなかった。

私はまるで隙間家具のようにアルバイトの予定を入れていて、早朝のパン屋で働く日もあった。明朝五時に門を開けて下さいと言えば必ずピッタリに開けてくれる。そして「早いな」とおじさんは言う。その「早いな」は、ちゃんと起きれたんだなという感じではなくて、早く起こされたでもなく、そんなに早くに何しに行くんだでもなく、ただの「早いな」だった。私はその「早いな」が好きだった。

学校生活があと一年というタイミングで、急に寮が閉鎖になった。寮生に理由は説明されず、大学が開いた説明会では納得できない生徒の怒号が飛び交った。引っ越しの手配などは大学が面倒をみるということで丸く収まったのだけれど、私は、寮に居たかった。

広い寮からワンルームに引っ越すことが決まった私は、家具や大きな絵を処分するのにしばらくの間骨を折った。私が最後の家具を捨てたのを見ていたおじさんは「捨てたな」と言った。引っ越しの日、おじさんはいつもの管理人室に居て、微笑んでいた。お世話になりましたと言った私に「元気でな」と言った。

数か月後、おじさんは永眠された。ご病気だったのだと知った。

三月二十七日　桜始開《さくらはじめてひらく》

二十四節気「春分」の次候、桜の花が咲き始めるころ

シロに春のお便りが届いた。狂犬病予防とその他のワクチン注射のお知らせだ。毎年、ハガキを送ってくれるので忘れず接種でき助かっている。けれどもシロにとっては嬉しくない便り。大の病院嫌いだから。

車で出かけるのだが、病院に向かっているとわかると震えだし、よわよわしい声を漏らす。病院では診察室へ向かう途中、シロは全身全霊で抵抗する。けれど、夫に抱きかかえられ簡単に診察台に乗せられてしまう。体重を測っているだけなのになにやら「アウアウ」とうったえつづけて、獣医師さんが現れると緊張は頂点に達する。鼻に皺《しわ》を寄せ鋭い犬歯を見せつけ絶叫する。おそらく、彼のできる最大の恐ろしい顔なのだろう。私はいつもその顔を見ると「エナジー」ということばを思い浮かべる。

通常運転のシロはとても静かだ。どこにいるのかわからないくらいで、日に何度も名前を呼

んで確認する。おおむね窓とカーテンの間で眠っている。散歩中も穏やかで、リードを引っ張ることはない。鳩を見てもカラスを見ても追いかけようとせず、尻尾をフワフワと揺らしているだけだ。極めて低燃費な犬なのだ。

狂犬病予防注射を打たれる時にだけ狂犬になるシロは、この時のためにエネルギーをため込んでいるのかもしれない。夫が羽交い絞めにし看護師さんに脚を持たれ私に励まされ注射を乗り越える。毎回注射針が刺さる瞬間は特別痛がらないから、怖さのあまりパニックになっているだけのようだ。

犬には飼い主の気持ちが伝わるから飼い主が緊張しないようにと、何かで読んだことがある。けれど、シロを見ていると自分で考えて勝手に怖がっているように思える。飼い主の気持ちなど察する余裕はないようだ。そしてエナジーを爆発させる。

ああ、シロはまだまだ若い。

今年も私は安心する。

四月一日　雷乃発声《かみなりすなわちこえをはっす》

二十四節気「春分」の末候、春の訪れを告げる雷が鳴りだすころ

我が家の目覚まし時計は五時二十分に鳴る。夫が会社に遅れないように設定された時刻だ。今朝、私は五時十五分に起き、眠る夫の耳元で「七時だよ！」と言った。夫は飛び起き「うそ」と呟く。すかさず私も「うっそ」。前日から考えたエイプリルフールの嘘だった。嘘をついても良いとなると難しいものだ。「やられた」と夫は笑ってくれたが、相手がちがえば笑えないかもしれない。いつも通り身支度を始める夫を見ていると、申し訳ない気持ちになった。そして、なぜだか、ノスタルジックな気持ちになった。

小学四年生のある日の昼休みだった。クラスの数名にとり巻かれ蹴られているA子ちゃんを目撃した。暗いという理由だけで髪の毛を引っ張られていた。恐ろしくなった私は近くを通りがかった先生に助けを求めた。「こら。弱い者いじめしてはいけません」先生のひと声でA子ちゃんは解放された。が、私にはいやな気持ちが残った。

その日の終わりの会で「弱者を思いやる心をもちなさい」と担任の先生は何度も言い、A子ちゃんをいじめていた子たちを叱った。けれどもちがう。ちがうと思った。あのときA子ちゃんは弱者ではなかった。少なくとも、蹴っていた子や止めに入ることができなかった私より強かった。髪の毛を引っ張られても足を蹴られても泣かずに耐えていた。そのことを言えずに飲み込んだまま先生の話を聞く私は、やっぱり弱虫だと思った。そして先生に「そういうあなたは強者なのですか」と心の中で反発し問いつづけた。

この気持ちは今でも変わらない。なぜ先生はみんなの前でA子ちゃんを弱者と呼んだのか。何をもって人を強者と弱者に分けるのか。分けてよいのだろうか。時折、何かのきっかけで思い出して、自問する。

「今日は新入社員の配属がある」とコーヒーを飲みながら話す夫は少し嬉しそうだった。そして、いつもと同じ時刻ぴったりに「いってきますね」と玄関扉を開けた。「いってらっしゃい」と手を振り見上げた空は、本当に青い。

四月五日　玄鳥至《つばめきたる》

二十四節気「清明」の初候、燕が海を渡って日本にやってくるころ

今朝のシロのPotager は暑かった。桜の花が散り始めたばかりだというのに気温は二〇度を超えている。暑いというだけで、くたびれる。こんな日は、おしなべてお腹の減りがはやい。やらなければならない作業を途中で放り出して家に帰った。

お昼はチャーハンを作った。冷凍ごはんをチンして、ちりめんじゃこと卵とネギ。ごま油で炒めて醤油で味付けしたら完成。十分で作って、五分で平らげた。

パンパンのお腹に両手を置いて考える。チャーハンはパラパラでないといけないのだろうか。今食べたチャーハンはしっとりしていたが、おいしかった。そりゃあプロの味にはかなわないけれど、私は夢中だった。

チャーハンはしっとり派と言うと、だいたい怪訝《けげん》な顔をされる。なぜだろう。ものすごくまずいしっとりチャーハンを食べた経験があるからだろうか。はたまた「チャーハンはパラパラ

以外食べてはいけません」と聞いて育ったのだろうか。

「チャーハンレシピ」とネット検索すると「失敗なし。パラパラチャーハン」と出てくる。ということは、しっとりチャーハンは失敗作ということになる。一体全体誰が決めたんだ。「外はカリッと中はモッチリでおいしい」なんて褒《ほ》め言葉をよく聞くではないか。モチモチ感やジューシーであることを追求しておきながら、チャーハンに限ってパラパラを極めようとするのは納得がいかない。

今一度、しっとりチャーハンを見つめなおしてほしい。まずはその響き。パラパラチャーハンはカジュアルな感じに聞こえるのに対し、しっとりチャーハンはラグジュアリーだ。エコーがかかる風呂場で発音してみると妖艶ささえ感じる。そして食べやすさ。響きとは裏腹にやさしいのだ。一度掬《すく》った米をレンゲからこぼすことなく頬張ることができるのだから、左手でレンゲにチャーハン、右手に箸で餃子なんてことだって可能だ。パラパラチャーハンの最後の一粒をレンゲで掬うことの難しさを考えれば、しっとりに軍配が上がる。そして、咀嚼《そしゃく》するたびにジュワッと広がる米と具材のうま味。もはや、パラパラである必要がどこにあるのだろうか。

ああ、おいしかった。おいしかった、しっとりチャーハン。

四月十日　鴻雁北《こうがんかえる》

二十四節気「清明」の次候、雁が北へ帰っていくころ

我が家のインターホンには子機が付いている。そして、その子機はトイレに置いている。なぜかといえば、用を足している最中にインターホンが鳴ったことがあるからだ。

平日の昼間、家に居るのは私とシロだけ。午前中はシロと散歩したり、畑仕事をしたり、掃除機をかけたりして宅配便が届いても対応できないかもしれない。だから宅配便は夕方にお願いしている。コロナ禍になってからはサインする必要もおおむねなくなり、インターホン越しに確認するだけで荷物を玄関前に置いてくれるようになった。そんな簡単な任務を果たせなかったことが二度あったのだ。

理由は右に述べたとおりである。

ピンポンの音に反応してキュンキュンと鼻を鳴らしているシロの様子がトイレの扉越しにわかる。二度三度響く呼び出し音に、シロが駆けだす。爪が床にあたるガジャガジャという音に

焦る。そんなにハッスルするのならシロが直接対応してくれたらいいのにと思う。手前味噌で恐縮だが、シロはオスワリもマテもすぐに覚えた利口な犬である。しかし、宅配対応までは覚えられないだろうし、訓練したこともない。そんなわけで、いたずらに時間が過ぎ、配達員さんは去ってしまうのだった。

トイレを出て、郵便受けに不在票があるのを見た時は、情けないやら申し訳ないやらで、気持ちの収めようがない。ただ詫びるだけでは許されないのではないか、どう言い訳をしたら良いのか悩む。正直にトイレ中だったと伝えようか、取り込み中だったと言うべきか、少し時間を空けて電話しようか。

何か、良い解決方法はないものかと考えあぐねていたある日、寝室の模様替えをしていて気がついた。ベッドの横のテーブルに置いてあるインターホンの子機が青く光っていたのだ。

おかげで、それから私は不在票を手に悩むことはなくなった。

四月十五日　虹始見《にじはじめてあらわる》

二十四節気「清明」の末候、虹が現れ始めるころ

早いものでコロナ禍になり四年が経った。おかげで習慣になったことがある。手指の消毒もそのひとつ。スーパーの出入口にも設置されているから、入店する前に利用するのだが、私はあの消毒液になかなかたどり着けない。たくさんの買い物客が一台の消毒液スタンドに集まり、常に密なのだ。

たどり着くと言うより、人の渦に入るタイミングがわからない。振り返れば昔から渦の外から眺めていることが多かった。運動会の玉入れ、ディズニーランドのミッキー、バーゲンセールのワゴン。

あの人はどおやって最前列に行ったのかなぁ
エネルギーがぶつかり合っている
あぁ、今、渦になった

なんて考えていると、ますます入るタイミングを失ってしまう。幸い、スーパーの消毒液前

は、時折引き潮になるから、その瞬間まで待つことにしている。

スーパーといえば、レジ前でのソーシャルディスタンス。以前から真後ろに立たれることが苦手だったから、これはありがたい。買い物カゴでお尻を押されつづけることが少なくなった。しかし、ああいう時は何と言うのが適当なのだろうか。私のお尻を押してもレジが早く終わるわけではありませんよ、だろうか。そんなことは言えない。言ってみたいけれど、言ったことはない。どんどん押し出されて、レジ前から外れた場所で手を伸ばし、お金を支払うことになる。

特別ひどいことをされたわけではないのだが、ジワジワといやな気分になり、やがて腹の虫が暴れだす。そんな時は、夢想する。

その方の悪事を確かに見ているものがいる…

やいやいやいやい！　黙って並んでりゃ尻ばかり押しやがって！

この背中に咲いた桜吹雪が手前の悪事をちゃーんとお見通しなんでえ！

遠山の金さんが言いそうなセリフを心の中で繰り返し、お白州の場面で尻押し罪人を裁くのだ。そうして車の運転をしていると次第に気分がのってきて、腹の虫も大人しくなる。コロナ禍でも、いまだはびこる尻押し罪人は、金さんの流し目で一撃だ。これにて一件落着。

四月二十日　葭始生《あしはじめてしょうず》

二十四節気「穀雨」の初候、葭が芽吹き始めるころ

生徒から「雷《サンダー》」と呼ばれる教師がいた。中学の体育教師の佐藤先生。誰が、どんな理由で呼び始めたのかわからない。が、怒ると雷のように怖いからだろうことは、わかった。同級生のほとんどが先生を忌み嫌っていた。言葉が乱暴で、時折発するジョークが恐ろしくつまらないとあれば無理もない。休み時間、先生の姿を見るだけで生徒は蜘蛛の子を散らしたようにいなくなった。

二年生になった時、佐藤先生は私の担任になった。私の目に映る先生は、不器用だけれど正直な人。ズルくない大人のように思えた。

私は先生を同級生の前でだけサンダーと呼んだ。

ある日の放課後、二者面談があった。先生と軽く話をして終わるはずだったのだが「どうや、学校おもろいか」と先生に聞かれた瞬間、私は泣いていた。学校で泣いたのは、その時が初

めてだったから自分でも驚いたが止められなかった。「ぜんぜんおもんない」と言い泣きじゃくった。

それまでの私は、家でも学校でも感情を出さないように努めていた。母は父への不満を私にぶつけていたし、同級生の多くは平気で嘘をつきお互いを騙《だま》し合っていた。そして、母も同級生も都合が悪くなると泣いて、自分は弱いのだと演じてみせるのだった。煩《わずら》わしかった。私は大人の顔色を窺い、友達の中では波風を立てず過ごしていた。そして、心の中ではみんなを蔑《さげす》み嫌っていた。独りよがりにひねくれて、絡まって、自分ではほどけなくなるほど私の心は歪《いびつ》な形をしていた。

佐藤先生の前で泣きながら気持ちが平《たい》らかになっていくのを感じていた。「なにがあったんや」と問う先生に「なんもない」と答え、私は先生を困らせた。

その日、先生は、私が笑うまで、つまらないジョークを言いつづけてくれた。西日の強い四月の終わりだった。

四月二十五日　霜止出苗《しもやみてなえいずる》

二十四節気「穀雨」の次候、霜が降りなくなり苗代で稲の苗が成長するころ

霜と聞くと〝しもやけ〟を連想する。幼いころ頻繁にしもやけになったからで、特にひどかったのは姉だ。姉は小学生のころ、冬になると手の小指が親指ほどに膨れ上がった。母はある日、姉の指の膨らみを針で潰そうと試みた。けれども、姉は針を見るなり気を失った。怖かったのだろう。倒れた姉に驚きながらも「そりゃそうだ」と同情したのを覚えている。

振り返ると、私の幼いころは随分とメチャクチャだった。転んで膝小僧を擦りむいた時は「ツバつけときゃ治る」と大人に教えられ「蜂刺されにはおしっこ」「火傷《やけど》には馬肉」と教授された。からだに尿をかけたことはないし、馬肉にはなかなかお目にかかれなかったが、風邪をひいた日は首にネギを巻いて寝た。ネギを巻かなくても風邪は治ったのだろうが、巻いたおかげで治ったのだと当時は信じていた。

子どものころ信じていた迷信で、今でもちょっぴり縛られていることがある。夜に爪を切れ

ないし、食事直後は横になれない。「ごはんを食べた後すぐ寝ると牛になる」。牛になるわけがないし、牛に失礼な話だが「それは困る」と幼い私は思ったのだった。その気持ちが、いつしか習慣になった。今では、お腹いっぱい食べた後すぐ寝転ぶ気持ちよさを知っている。けれど横になってはいけないと、私は毎夜反芻《はんすう》する。

今の小さい人は、何を信じているのだろう。誰のどんな教えが大きくなった後の習慣になるのだろうか。

そろそろ、新茶が発売されるころ。「茶柱が立つといいことがある」これは好きな験《げん》かつぎだ。昔の茶売りが、茎の多い二番茶を買ってもらうために考えたキャッチコピーだと聞いたことがある。初めてそれを知った時は、ありがたみが薄れるような感じがしたが、今でも茶柱を見るとうれしい。

シロのPotagerではサヤマカオリという品種のお茶の木を植えている。まだ小さいため茶摘みをしたことはない。今朝、淡い色の小さな新芽が出揃っていた。数えると十七枚。お茶が飲めるほどの葉が摘めるまで、あと何年待てばよいのだろう。

待とうじゃないか。

シロのPotagerのお茶に茶柱が立ったならば、それこそがいいことだから。

五月一日　牡丹華《ぼたんはなさく》

二十四節気「穀雨」の末候、牡丹の花が咲くころ

シロは網戸とカーテンの間に居て、空《くう》を見つめている。薄いレースのカーテンからは尻尾が出ていて、力が入っていないことがわかる。最近風の匂いが変わったことを確かめているのかしらと眺めていると、顔が見たくなった。

名前を呼んでみるけれど、シロは振り向いてくれない。ほんの少し耳がこちらに向いたきり。シロは時折、こうして聞こえているのに聞こえないふりをする。用もないのに無闇に名前を呼んでほしくないのだろう。振り向いてほしいのなら旨いものをくれろという気持ちがカーテン越しに透けて見える。

柴犬は飼い主に従順で他の人には関心を示さない〝ワン・オーナー・ドッグ〟と言われるけれど、シロは違う。好きなご近所さんに会えば尻尾をふるし、撫でてもらえれば体をよじらせる。どちらかというと外面《そとづら》が良いタイプだ。家では、同居人を最大限うまく利用する。雷が

鳴っている間だけ私を頼り、それ以外はひとりで過ごす。

柴犬愛好家の間には〝柴距離〟という言葉が存在する。飼い主のことは大好きだがスキンシップは苦手なのでほどよい距離を保つという意味だ。いじらしいじゃないか。けれども、シロにはしっくりこない。シロからは同居人への気遣いなど感じられない。気まぐれに甘えたい気分になれば、前あしで私を何度も引っ掻いて撫でろと催促する。それはまるでファミリーレストランで卓上送信機《ピンポン》を連打する迷惑なお客のようだが、私は応対する。そうして満足すると眠ってしまう。やがて眠ることに飽きたら、遊べと要求する。シロがじっとりと目を見つづけてきたら遊べのサインだ。

シロはシロなのであって、犬種など何でも良いのだけれど、従順な姿を見てみたかった。犬というものは、飼い主から片時も離れず潤んだ瞳で見つめつづけるものだと期待していた。けれどもシロの気持ちは薄い。私の熱烈な気持ちと比べて冷静過ぎる。

気を取り直してみよう。きっと、シロにも、愛着はあるだろう。およそ十年暮らしたこの家になのか、緊張する必要のない同居人になのかはわからないが、毎日心地良さそうなのだから。今もお腹を上にしてイビキをかいている。ああ、お腹の柔らかい毛が束になって縮れている。触りたいと思うけれどやめておく。シロが甘えにくるまで、私は文章を書いていよう。

第二章　涼月

五月八日

鼃始鳴《かわずはじめてなく》

二十四節気「立夏」の初候、蛙が鳴き始めるころ

ゴールデンウィークのマクドナルドは混んでいた。ドライブスルーの車列は道路までつづいている。最後尾につくと、案外列は進む。運転する夫の横で、スマートフォンを見る。割引クーポンを探そうとアプリを開けるが、なにをどうしたらよいのかわからない。まごまごしているうちに、注文ゲートの手前まで来てしまった。坂口健太郎君みたいな店員さんが誘導してくれて窓を開けると、紙のメニューを見せてくれた。ありがたい。本当は、新メニューとか、期間限定メニューとか、冒険したいのだけれど焦ってしまって悩む余裕がない。結局、長年食べつづけているビッグマックのセットを二つ注文した。

「あ、あの、クーポンは」とまごつく私に「こちらの画面ですね、お会計でお見せ下さい」と健太郎君は爽やかだ。会計窓口まで車を進めて、スマートフォンを見せ、慌てて財布を出す。その間、運転席の夫はバケツリレーの要領でスマートフォンと小銭を行ったり来たりさせる。

そんな風で散々もたついたのに、出したお金が足りていなかった。私の娘といってもおかしくないくらいの歳の上白石萌歌ちゃん似の店員さんに「すみません、私が伝え間違えました」と気を遣わせ、ようやく自分の失態に気づいたのだった。「のおのおごめんごめん」と怪しい日本語しか出てこない私を萌歌ちゃんは柔らかい笑顔で見送ってくれた。

「みんなやさしいねえ」帰路の途中、夫と感嘆しながらコーラがこぼれないよう気をつけた。やさしいといえば、三十年前の店員さんを思い出す。父がマクドナルドの店頭で「いっちゃんええやつちょうだい」と言った時だ。「五人前な」と言う父に、困った様子の店員さんは「えっと…一番高価なハンバーガーは…ビッグマックになりますが…」と提案、「なんでもええ！　ねえちゃんが思ういっちゃんええやつで頼むわ」。

父は無知で失礼だった。父の大きな声は怖かったにちがいない。中学生の私は、恥ずかしさのあまり気が遠くなりそうだった。父と他人のふりをせずにいられたのは、店員さんの機転のおかげだ。吉田羊さん似の彼女は「この中から好きな飲み物を五つ選んでくれるかな」と私に言って微笑んだ。

私は、今日も、いっちゃんええやつを膝に乗せて悦に入った。

五月十一日　蚯蚓出《みみずいずる》

二十四節気「立夏」の次候、冬眠していたミミズが出てくるころ

ゴールデンウィークといっても、どこへも行かない。人が多い場所へ出かけるのはくたびれるし、今は夏野菜の苗の定植に忙しい。

人混みは苦手だが旅行は好きだ。私の知らない、私を知らない世界があると感じられるところがいい。知らない景色、思いがけない出会い、風習、そして食べ物。

我ら超絶食いしん坊夫婦にとって食は旅の核だ。旅の計画を立てる時は、まず三食何を食べるか考える。これは、県内、県外、国外どこでも譲れない。

海外旅行ともなれば、機内食から旅は始まる。けれども、どうしてなのか、機内食とは相性が悪い。口に合わないのではなく、選べないのだ。

詳しく説明するとこうだ。私たちは離陸後すぐにシートポケットに入っているメニュー表を確認する。そして、肉料理と魚料理を一つずつ注文してシェアすることに話がまとまる。そし

て、ワゴンが近づいてくる間「チキン、プリーズ」「フィッシュ、プリーズ」と心の中で各々練習する。だのに、魚料理しか残っていないと言うのだ。客室乗務員には有無を言わせぬ迫力があって文句は言えないし、無いものは出ないしあきらめるほかはない。

魚料理は美味しかったのだが、チキンも食べたいじゃないか。エコノミークラスの私たちにだって選ぶ権利はあるはずだ。前列に座る乗客は二人ともチキンを食べていた。一人が魚にしてくれれば我々もチキンが味わえた。彼らはチキンをどのくらい欲していたのだろうか、我々のそれを凌駕しているとは思えない。なぜなら、私のチキン愛は誰にも負けないという自負がある。定食屋では必ず唐揚げ定食を注文するし、焼き鳥屋では三十本平らげたことがある。ヤンニョムチキンにタンドリーチキン、よだれ鶏、カオマンガイ……。いろいろな国の料理にも華麗に変身するチキンは優秀な食材なのだ。機内食のチキンは、どんな変身を遂げていたのだろう。

完全な敗北である。いや、戦う前の問題だ。食探訪という名のリングに立つことさえゆるされていない。出鼻をくじかれた私たちの旅は、スネてスタートすることになった。

パリへ行った時はカレーしか残っていなかったし、ハンガリーへ行った時はフィッシュ一択だった。食べ物の恨みは恐ろしいという話である。

五月十六日　竹笋生《たけのこしょうず》

二十四節気「立夏」の末候、たけのこが生えてくるころ

タケノコといえば、春先のイメージだが、竹にもいろいろあるようだ。春の味覚として三月ごろよく出回るのは孟宗竹《もうそうちく》。暦のタケノコは真竹《まだけ》のことを言うのだとか。他にも、茶道具などに用いられる淡竹《はちく》やメンマの原料になる麻竹《まちく》など、簡単に調べただけでも多種類の竹がそれぞれの用途に使われていて驚く。

私の今の憧れは女竹《めだけ》。直径二センチほどの細い竹で粘りがあるため竹細工などに使われているのだが、農業資材としても利用できる。

シロのPotagerでは、ホームセンターで購入した支柱を使っている。金属と樹脂でできたものだ。安価で使いやすいが、折れたり錆びたりした後の処分に困る。なにより、土に還らないものがシロのPotagerにあると思うと、なんとも気持ちが悪い。

ところが、竹であれば支柱の役割を終えた後、炭にして土に鋤き込むことができ、土壌改良効果も期待できる。なにより竹の支柱は美しい。朽ちていく様も美しい。

けれども、女竹がなかなか手に入らない。ほしいと思って探すと見つからないものだ。近所に竹藪があるのだが、太い竹が生い茂っているから、女竹ではないようだ。ネット注文という手もあるけれど、味気ない感じがする。

地主さんにお願いをして、一緒に竹藪に入り、自分で選んで切り落とし女竹を頂戴する。そのお礼にと我が家の野菜を地主さんに持って行く、なんてプロセスも楽しみたいのだ。我ながら面倒なことを言っていると思うが、思いつづければ叶うといつか誰かに聞いた記憶があるからあきらめがつかない。

今朝も、少し曲がった樹脂製の支柱を、トマトの畝《うね》に立ててきた。竹ならば、しなりはしても曲がらないのだろうと思いながら。

五月二十一日　蚕起食桑《かいこおきてくわをはむ》

二十四節気「小満」の初候、蚕が桑の葉を食べ成長するころ

蚕《かいこ》が桑を食べる音は大雨が屋根を打つようだと言われる。私も一度だけ数匹の蚕が桑の葉を食べる音を聞いたことがあるけれど、想像以上に大きな音だった。これが数百匹ともなれば確かに大雨のような、けたたましい音がするだろうと想像した。

昨夜は本当に大雨が我が家の屋根を打っていた。雨音で夜中に目が覚めたほどだった。今年は例年より早い梅雨入りをした。梅雨が長いのか、夏が長いのか。今年はどのような夏季になるのだろう。

気候変動か、毎年少しずつ変わっていくけれど、変わらないのは私の癖毛だ。湿度が六〇パーセントを超えると髪の毛が通常の三倍に膨張する。元来毛量が多いため三倍ともなると、それはそれは迫力満点なのだ。今朝の鏡に映った姿は、歌舞伎の連獅子のようだった。

小学生まではツヤツヤだったのに、中学生になって急にチリチリのクリクリになった。それ

から癖毛との戦いがはじまった。毎朝三十分かけて、ブロウする。どうにかおさまったと思っても、通学途中に雨が降りだしたら、一瞬にしてスチールウールたわしみたいになり膨張するのだった。スチールウールヘアにセーラー服という恰好で幾日も過ごした十三歳の自分を褒《ほ》めてやりたい。だから、だいたい、髪をひとつに結んでいた。大学生になってからはストレートパーマをあてるようになり格段に手入れが楽になったのだが、美容院代もバカにならない。四十歳を機に会社勤めをやめてからは、自然体で過ごしている。

自然体というひびきは良いが、見た目はけっして良くない。歳を重ね、身なりを構わなくなってきたというのが正しいだろう。そうなってしまった今でも、スチールウールヘアで買い物に行くのは躊躇《ためら》われる。そんな私の最近の相棒がターバンだ。頭に布を巻きつけてしまえば、髪の状態がどうであれ、わからない。慣れてしまえば、数十秒でセットできるから、時短にもなる。癖毛同盟の皆さまに是非おすすめしたい。

ともあれ梅雨が来たのだなと実感した朝だった。

五月二十六日　紅花栄《べにばなさかう》

二十四節気「小満」の次候、紅花が盛んに咲くころ

私は大食漢だ。幼いころは食が細く、食事の時間が苦痛だったと記憶している。食に目覚めたのは第二次性徴期に入った小学五年生。ある朝突然炊きたての白米の旨さに身悶えした。その時以来ごはんをおかわりしない日はない。

中学校へはお弁当とおにぎりを持っていった。おにぎりは、ソフトボールくらいの大きさで〝爆弾〟と呼ばれていた。二時間目が終わると私は爆弾を三十秒ほどで平らげた。二十歳のころは中華料理店のランチを二人前食べても足りず、コンビニのおにぎりが食後のデザートだった。

そして、下戸の社会人に成長した私は、飲み会のはじめからごはんの大盛を注文。苦笑する上司も何のその。無礼講です、と我がまま勝手に振る舞っていた。枝豆、冷奴、焼き鳥、唐揚げ、とん平焼き。私にとって、それらはつまみではなく、ごはんをおいしく食べるためのおか

ずになり得たのだった。

〝ごはん食い〟を公言して三十年の私が、最近、おかわりをしないばかりか、ごはんを残す日がある。いったいこれはどういうことだろうか。まさか病気なのではないだろうかと自分の健康を疑った。

「としだよ」簡潔な夫の言葉に安堵した半面、受け入れがたい気持ちも湧き上がる。大人になったのだと夫に言葉の訂正を求め、私は〝第三次成長期〟に入った。

勝手に考えてみた。第三次成長期の特徴は余裕である。ただひたすらに空腹を満たすために食事をしていた第二次とは違い、甘味、塩味、酸味、苦味、うま味をゆっくりと舌で味わうことができる。また、季節の移ろいを、走り、旬、名残りで楽しむ。まさに私の思い描く余裕のある大人の食事だ。

シロのPotagerでは、ウスイエンドウが旬をむかえている。昨夜は、今年はじめての豆ごはんを炊いた。子どものころは、おいしいと感じなかったが、昨夜の豆ごはんの旨さは、おかわりしたほどだった。あれれ、昨夜は第二次か、はたまた第三次か、どちらの私が豆ごはんを食べたのだろう。

六月一日　麦秋至《むぎのときいたる》

二十四節気「小満」の末候、麦が黄金色に熟すころ

今年の大麦は昨年に比べて不作だった。越冬野菜は全体的に不出来だったが玉ネギは上出来だった。紫玉ネギと白色の玉ネギ、まるまると肥大し瑞々しい。二〇〇個ほどを一斉に収穫し、玄関前の土間に並べて風をあてた。

翌日は干す作業だ。小さな折り畳み椅子に腰かけて、玉ネギを数個ずつ紐で結ぶ。一〇〇個ほど結び終えたころだった。椅子から離れた場所に並んだ玉ネギを集め、抱え、戻ってくる途中、私は突然バランスを失った。右足が内側にぐにゃりと曲がり、ブチと音がした。「いったー」と声が出て絶痛絶句。

右足の隣に紫玉ネギが転がっていた。

一分も経たなかったと思う。痛かったところがあたたかくなり、次の瞬間痛みはひいた。恐る恐る立つと案外歩ける。なんだ捻挫かと思い、玉ネギを残らず干した。

日曜日の夕方で一日畑仕事をしたお腹は減っている。夕飯を作ろうと急いだ。椅子を片付け、箒で掃いている間にジリジリと足が痛みだし、着替えている途中で心配になった。右足の甲が左足と比べて明らかに膨れている。靴下を脱いでみると、緑と紫のマーブル模様になっていた。農具を片付けている夫に打ち明けて、市民病院の救急外来に向かった。「不注意が過ぎる」と言いながら運転する夫の横顔はちょびっと怒っていた。

救急外来の扉の横には守衛室があり、足を捻った経緯を聞かれる。守衛さんは眉間に皺を寄せて「それは大変だ」と車椅子を押して出て来てくれた。待合室では看護師に、それからレントゲン室の女性とCT室の男性に微笑みながら気の毒がってもらった。当直だった外科医師は手強かった。彼は、軒先に干された状態の玉ネギを見たことがないようだった。私は収穫をするところから説明した。

翌日、改めて受診した整形外科の医師は吉沢亮君に似て涼しい目をしていた。彼は電子カルテを見ながら「玉ネギ乗っちゃったって？」と問いながら私の足を診《み》ていく。六人目ともなると話が早い。が、声が大き過ぎる。恥ずかしいじゃないか。

骨折だからとギプスをこしらえてもらう時に、もう一度、よく肥えた紫玉ネギの話をした。

六月六日　蟷螂生《かまきりしょうず》

二十四節気「芒種」の初候、カマキリが卵からかえるころ

コロナ禍になって断捨離をした人が多いと聞くけれど、元来物が少ない我が家にはあまり必要ないことである。物が少ない理由は買い物で難儀するからだということを、拙著『シロのPotager』の中で書いた。物を選ぶ条件は、朽ちていく様が美しいか、であると。

愚著から名著に話が飛んでは恐縮だが、この条件の起源は『陰翳礼讃』にある。言わずと知れた谷崎潤一郎の随筆で、日本の陰翳の美について書かれたもの。建築学を学んだ友人は日本家屋の教材としても読まれていると教えてくれた。

はじめて読んだのは十歳、引っ越しの車中だった。本棚の本を段ボールに詰めていた時、読めない漢字が並んだ古い装幀になぜか惹《ひ》かれ、ランドセルに忍ばせたのだ。「目を悪くする」と母にひどく叱られたが、私は読むことをやめられなかった。日本は美しいのかとうれしかっ

た。

再会したのは高校生、国語の時間だった。作者は、瞑想に耽《ふけ》るのに恰好の場所として家屋の外に作られたトイレを推《お》した。そして四季折々の物のあわれを味わうのに最も適していると断言した。日本家屋のトイレがいかに雅致であるかということを執拗に表現する作者に「おっちゃんオモロ」と思った。そしてまた羊羹の色を「瞑想的」であると表現し、それに比べ西洋菓子のクリームは「何と云《い》う浅はかさ」と言って高校生の私をハラハラさせた。と同時に「羊羹めっちゃかっこええ」とも思った。私は谷崎潤一郎に夢中になった。

谷崎潤一郎は、私にはじめて、「美しいとはなんだろう」と考えさせた人だ。彼の艶麗な文章で「美」に酔いしれて、憧れて、追い続けて、今でも考え続けている。

「美と云うものは常に生活の実際から発達するもの」

私は谷崎潤一郎のこの言葉をなぞりながら暮らしている。

六月十一日　腐草為螢《くされたるくさほたるとなる》

二十四節気「芒種」の次候、蛍が飛び始めるころ

「みなさん恋文を書いていますか」

授業の始まりに、いつも、そう問うのは聖書の先生だった。ミッション系の高校に通っていた私は先生の授業を楽しみにしていた。人は恋文を書く時に言葉を覚えるのですからと小さな声で、確固とした口調で説かれた。先生は独学で五か国語を修得されたらしい。聖書の一節を複数の言語に訳し、並べて、印刷したものを生徒に配り教材にされた。複数の言葉も遡ればひとつの同じ語源にたどり着くことがある。言葉を正しく理解して物語を読まなければならない。そう言って丁寧に紐解いていく。

先生は季節にあわせて短い話をしてくれることがあった。その言葉は簡潔なのに、時折私の気持ちを強く揺さぶった。ご学友が出征する朝、先生は握手をして見送ったそうだ。「彼が強く握り返した感触を、まだ、この掌に感じています。消えない」と言い右手をひろげて見せて

くれた。私は涙が止まるまで下を向いて時間をやり過ごした。

「愛しています《ジュテーム》。これさえ言えればフランスで生きていける」

授業の始まりに、いつもそう断言したのはフランス語の先生「ムッシュー」だった。大学一年生の私はムッシューが少し苦手だった。ムッシューは詩人で、若いころフランスで暮らしていたらしい。パイプをくわえたまま進められる授業は概ね、どうしたら金がない男が女に食わせてもらえるかという指南だった。自由であるためには責任を果たさなければならないというのがムッシューの口癖だったから、私の頭は混乱していた。

卒業制作展の三日目「人の作ったものに興味はないが見に来た」と言いながらムッシューが姿を現した。ムッシューは私の作品をしばらく無言で眺めた後、『そこ』とだけ書かれた表題を指さして「いい題をつけたな」と言った。海の底に海と山の動物を泳がせた絵のそれは、美術学科の先生の酷評を押し切って付けた題名だった。四年間で初めて勇気を出した自分の作品だ。「そこ。愛だな。お前はお前を貫くといい」と言った後、その日会場を訪れていた母に挨拶をした。私の母にお辞儀をするムッシューは、三回「おめでとうございます」と言った。ムッシューに、もう会えなくなるのだと気がついた。

六月十六日　梅子黄《うめのみきばむ》

二十四節気「芒種」の末候、梅の実が熟すころ

六月七日、子宮全摘手術を受けた。十日に退院し、ただいま自宅療養中である。元来、生理が重いのに加え、内膜や筋腫が年々育ちつづけたのが原因だ。そしてコップ一杯ほどの不正出血は時と場所を選ばないため、週に一度の買い物でさえ不安になった。主治医の説明では、七年つづけたホルモン治療も限界をむかえているようだった。なぜ、コロナ禍に入院なのだろうかと、自分の身の上を恨めしく思ったが、仕方がない。私は、近所の総合病院に身を委ねることにした。

「気持ちがあがるものを持っていくといいよ」と同じ経験をした友人から入院のアドバイスを受け、西加奈子の『サラバ』とスティックコーヒーを鞄に詰めた。そして、入院の当日まで悩みつづけたのが、チッチだ。チッチとは、モンチッチの縫いぐるみ。十年前、姉が沖縄旅行中に見つけて買ってきてくれた、シーサーの恰好をしたモンチッチだ。

幼いころ、私はずっと、モンチッチと一緒だった。食事も寝る時も、時々お風呂にも入れた。

「モンチッチといえば鈴子やろ」

「いやいや、もお大人やし」

照れくささよりも恥ずかしさのほうが勝《まさ》って、姉には簡単な礼を言っただけで受け取ったのだけれど、それ以来、枕元にいる。そして、幼いころと同じチッチという名前で呼んでいる。

先代チッチと当代チッチの違いは、表情だ。先代には涙が描かれていて悲しい顔だった。今のチッチは笑っている。一日を終えベッドに入る時、この笑顔を見て安心するのだ。

だから悩んだ。チッチがいないベッドで果たして眠れるのだろうか。いや、四十を過ぎたおばさんが縫いぐるみを連れてきたともなれば看護師さんもさぞ恐ろしかろう。いったんは連れて行こうと決心したが、結局留守番を頼んだ。

手術は三時間ほどで終わり、その後の経過も順調とのことで予定よりも一日早く退院することができた。執刀医に「帰れますよ」と言われた時は、ようやく眠れると思った。私は四泊五日の入院中、ほとんど眠れなかったのだ。

私が居ない間、チッチも眠れずにいたのかしら。

六月二十二日　乃東枯《なつかれくさかるる》

二十四節気「夏至」の初候、ウツボグサが枯れたように見えるころ

おしゃべりしたいのに聞かれると困ることってないだろうか。私にはたくさんあって、そのひとつが本のことだ。毎月予算を決めて、読みたい本を買っている。だいたい五冊から六冊くらい。味読に時間がかかるから、これ以上は買わない。

最後の一行を読み終えて我に返った時、部屋が真っ暗だったこともあるし、翌日大切な仕事が入っているのに本を閉じられず朝をむかえたこともある。

いつも読みかけの本があるのだけれど、その本について面白いかと問われると困る。面白いから読んでいるのだし、面白くないと思ったことがないからだ。そんなことを聞かれているのでないことも知っている。けれど何と言ってほしいのかわからず答えが出ない。

そして、もっと困るのは「どんな本？」という質問だ。答えられたことがない。ひと言で表すなんて私には無理だと思っている。ひと言では言い切れないことを何百ページにもわたり作

者が言葉を重ねて作られた本をひと言でなんて表したくないし、もし、私風情がひと言で言い表せるのだとしたら、この世界に本は必要ないはずだ。

話が矛盾して恐縮だが、誰かが推薦してくれている本は片っ端から読みたい。面白かった、感動した、目から鱗など感想文は何でもいい。ゾクゾクする。

以前買って読んだ本が文庫になって、誰かの解説文が加えられていたりすると、本文か解説か、どちらから読もうか迷う。自分は持ち合わせていない視点を、解説文から教えてもらえるとわかっているから。

一冊の本を何度も読めば良いじゃないかと思うのだけれど、時間が足りない。次つぎと読みたい本が現われるから、読書負債がたまっていく。

〝今月の本〟はもう決まっている。開高健の『食の王様』と『輝ける闇』それからそれから……。慌てず、焦らず、いつもよりいっそう運転に気をつけて書店に行ってきます。

六月二十七日　菖蒲華《あやめはなさく》

二十四節気「夏至」の次候、ショウブの花が咲き始めるころ

みな様は〝告白〟をしたことがありますか。恋する相手に予告なく匂わせることもなく、突然「あなたが好きです」と言う、アレです。

私は一度もありません。おそろしい。告白など、よほど自信があるか罰ゲームか。いずれにしても私にとってはクレイジーなイベントに違いなく、無縁でした。

そんな私が、今、心寄せた相手と婚姻関係にあるのですから、幸運だったとしかいいようがありません。

彼は二十七歳の社会人でした。平日は会社に通い、週末は会社のスキー同好会の仲間と山籠もり。夏はスキー仲間とウェイクボードを楽しむ。一年中真っ黒に日焼けをしているサラリーマンでした。私は十九歳、冬でも日焼け止めを塗りたくる、ヒョロヒョロの画学生でした。一年生の冬、同じ学部の友人とスキー同好会がヒョンなことで知り合い、頻繁に遊ぶようになっ

ていきました。友人が根気よく私を誘いつづけてくれて、翌夏、いよいよ海へ行くことになったのです。

誘いを断り続けていたのは、日焼けをしたくないという理由だけではありません。当時の私にとって、見ず知らずの大人がたくさん集うところは恐怖でした。極度に緊張した私が友人の世話になることは必至。迷惑をかけたくないと思ったからでした。

（奥さんはきっと今幸せなんだろうな。）これが彼に抱いた第一印象でした。当時の彼には奥さんどころか彼女もいなかったのですから、私の勘違いだったのですが、ひと目惚れってヤツです。ニコニコと微笑む口元は白い歯が輝き眩しかった。そして何より、沈黙が心地いい。ただ、お互いに口下手だったのですが、二十歳の私はときめきました。

思春期をとうに過ぎた人見知り同士の恋は、互いの友人がお膳立てをしてくれて始まりました。大勢で遊んでいても、気がついたら二人きりになっていましたし、異性を魅惑する力に乏しい私に代わって、友人は私をやたらと褒めてくれもしました。男性陣も負けてはいなかった。やがて両陣営は一致団結し、あれよあれよという間に彼と彼女の仲になり夫婦になったのです。

友人たちが恋の矢を持っているという話は聞きませんし、多分、背中に羽も生えていません。が、確かにキューピッドでした。ある神は青髭の、ある神はビキニの。

七月四日　半夏生《はんげしょうず》

二十四節気「夏至」の末候、カラスビシャクが生え始めるころ

今朝、久しぶりに裁縫箱を出した。夫のワイシャツのボタンを直すため。五歳のころからだから私の裁縫歴はけっこう長い。母が通っていた手芸教室について行ったのがきっかけだ。先生は、つまらなそうにしている私に裁縫道具を触らせてくれて、回を重ねるうち、母の代わりに私が習うことになった。

手芸教室の仲間は母より年上の方ばかりだったと記憶している。仲間にかわるがわる教えてもらいながら私は裁縫の基礎を覚えていった。

縫いぐるみ、刺繍入りのランチョンマットやポシェットなど。構想する時のときめきや、完成した時の充実感は他の遊びでは得られない。当時はクレヨンより刺繍糸の方が大切だったし、折り紙より端切れが宝物だった。両親が営む青果店のレジの横で店番をしながら、私は、毎日チクチクチクチク縫物をした。

今でも裁縫が好きだが、縫う姿を見ることも好きだ。それから、針仕事の絵も。とりわけ、フランシスコ・デ・スルバランの『聖母マリアの少女時代』に惹かれる。

絵の前に立った時、あまりの可愛らしさに私はしばらくの間動けなくなった。絵はとても静かだった。しじまの中に耳を澄ました。少女の気息の音がかすかに聞こえてくるようだった。油絵具の透明でも不透明でもない重なりを見ることができる。学生のころ画集で見た時にはわからなかった絵肌の厚みを見ることができる。とても丁寧に描かれていた。少女マリアのモデルはスルバランの娘だといわれている。少女は針仕事の手をとめて、その小さな手を合わせて祈っているようだ。少女の手の下には白い糸が垂れていて、デリケートな線で、糸までも可憐だ。油絵具のカプセルの中で彼女が守られているようだった。娘が愛おしいのか、描くことを慈しんでいるのか。いずれにしても画家が娘の平安を祈りながら描いたのだろうと思った。

針仕事の間のほんのひと呼吸を描いたその絵を、私は息をとめて見た。

裁縫箱を開けるたびに思い出す絵である。

七月七日

温風至《あつかぜいたる》

二十四節気「小暑」の初候、熱い風が吹いてくるころ

夜空を見上げると、ミワちゃんを思い出す。社会人一年生の時、同期入社した人。

私たちは、介護保険法が施行された年に高齢者在宅介護の部署に配属された。当時、介護保険は世界で初めての仕組みとあって、誰も何もわからなかった。毎日が混沌としていて、綱渡りをしているみたいだった。

私の心の支えはミワちゃんだった。いつも落ち着いていて頼りになる。私の愚痴を「うんうん」ときいてくれて、くだらない冗談にも大笑いをしてくれる。「同期が鈴ちゃんでよかった」と恥ずかしそうに言ってくれるミワちゃんと一緒なら上司に叱られても辛くはなかった。訪問先の塀に公用車をこすった時も私たちは楽しかった。

翌年に私は結婚し退社。会う機会が減ってきていたある日の深夜。突然ミワちゃんから電話

がかかってきた。

「しし座流星群がキレイだから鈴ちゃんにも見てほしくて。早く外に出て！」

あんなにも強引なミワちゃんは、このときだけだ。

我が家の庭から流星群は見られなかったけれど構わなかった。ミワちゃんと並んで夜空を眺めているみたいで、私はうれしかった。

今夜は天の川が見られるだろうか。

七月十二日　蓮始開《はすはじめてひらく》

二十四節気「小暑」の次候、蓮の花が咲き始めるころ

いよいよ夏本番だ。夏の思い出といえば夏休みの宿題。まとめて先に終わらせる派、コツコツ計画的に終わらせる派、追い込まれてから取り掛かる派に大分されるのではないだろうか。私はというと、計画を立ててコツコツやっていたのに最後に追い込まれる派だった。不思議だった。今思えば、自由工作などを拘《こだわ》り過ぎるのがいけなかったのかもしれない。拘るというと恰好良く聞こえるのだが、私の場合、あれもこれもと手を加えるうち、終わるタイミングがわからなくなるのだった。

終わるタイミングといえば、喧嘩も終わらせるタイミングが難しい。夫とは結婚して二十二年になるが、年々言葉尻が雑になり、新婚当時では考えられないほど些《さ》細《さい》なことで簡単に嫌な雰囲気になる。けれども爽やかな雰囲気に戻すのは難しい。こちらから折れるのはシャクだし、気まずい空気がつづくのも面倒だし、どうしたものかと考えるのだ。今のところ、最善の方法

はみつかっていないが、忘れたふりという方法で乗り切っている。

は？

え？

何？

喧嘩？

そんなのしてましたっけ？

という態度を貫くのだ。何食わぬ顔で用事を押し付けたりする。極めて姑息な手口だが案外うまくいく。夫もすました顔で用事を済ませてくれたりする。そうしているうち本当に忘れてしまうのだ。

ここまで書いて気がついたのだが、どうやら喧嘩の後には、いつも夫が折れてくれているようだ。喧嘩の最中、用事を押し付けても済ませてくれるのだから。

七月十七日　鷹乃学習《たかすなわちがくしゅうす》

二十四節気「小暑」の末候、鷹の雛が飛び方を覚え巣立つころ

何も浮かばない日ってないだろうか。夕飯の献立、人の名前に話の種。ぼんやりしているのではなくて、頭の中が空っぽな感じ。そんな日は、決まって余計なことを言う。職場で、五キロの減量に成功した先輩に「もう五キロですか」と言うはずが「まだ五キロですか」と言ったり、上司を「お父さん」と呼んじゃったり。

取り返しのつかないミスは避けたいから〝空っぽの日〟は特別気をつける。請求書のゼロは指さし数える。アポイントは「午後二時、十四時ですね」と念を押す。そんな風に仕事をしていたから、会社勤めをやめた今でも確認する癖が抜けない。

シロと散歩に行くだけなのに時間がかかる。家の鍵、スマホ、うんち袋、トイレットペーパーに水。そして、リードのナスカンは閉じている、とシロを相手に報告してからでないと玄関を開けられない。彼はその間、私を目だけで追い、口をつぐんで待っている。

シロはもともと口数が少ない。余計なひと言で空気を凍りつかせることがない。ご飯とおやつとオモチャのことを考える以外は、省エネ設定になっているはずなのに思慮深げに見える。時折「賢そうなワンちゃんだこと」なんて言ってもらって、羨《うらや》ましい。

思いがけず視線が重なる時がある。そうしてシロと見つめ合う時は、お互い空っぽだと気持ちがいい。彼の目の茶色は深く、頭の中の空洞に繋がっているみたいに見える。吸い込まれるか吸い込まれないかというところで、どちらかが我に返る。眠れそうで眠れないを繰り返している時の気だるさに似ている。

最近、私の〝空っぽの日〟が増えているらしい。冷蔵庫内の麦茶の横でラップの筒が冷えていたり、食器棚に生卵が仕舞ってあったりした。私以外触れていないはずなのに何も思い出せない。それどころか「だれ？」と声が出る。よく考えると恐ろしい。が、何でも考えすぎは良くない。座敷童の悪戯《いたずら》ということにしている。

七月二十三日　桐始結花《きりはじめてはなをむすぶ》

二十四節気「大暑」の初候、桐の花が実をむすぶころ

「むかし、女の子が生まれると桐の木を植え、結婚する時に箪笥を作った」と聞いたことがある。たしか明治生まれの祖母が話していたから随分むかしの話だろう。幼かった私は、いい加減に話を聞いていた。けれど、調べてみると、桐は二十年で十メートルもの大木に成長することがわかった。祖母の話はデフォルメされた話ではなく、きっと本当の話なのだろうと思った。

桐の成長が早いことは最近知った。箪笥がほしくて調べるうちに目にしたのだ。衣類はプラスティック製の衣装ケースに仕舞っていた。それらがクローゼットに並ぶ様は実に味気ない。ひとり暮らしを始めた十九歳から、およそ二十五年間不満を抱きつづけてきた。プラスティックの衣装ケースは便利だが、朽ちていく様が美しくない。

とはいえ、まだ使えるものを捨てるのはもったいない。そんなこんなで渋々使いつづけてい

たケースのひとつが割れたのを機に箪笥を探し始めた。桐の箪笥に憧れるけれど、高価なものは買えない。コロナ禍ということもあり、家具店を巡るわけにもいかない。参考にとネット検索をつづけるうち値段もサイズも丁度良い箪笥にたどり着いた。

桐の箪笥といえば婚礼家具の印象が強くあったから、クリックひとつで購入してよいのだろうか、はたまた、本当に写真通りの商品が届くのか不安だった。けれど、写真通りで予想以上の箪笥が届いた。ネットの画像からは伝わってこなかった香りがする。

使い始めて約一年経つが、今でも、肌着に桐の香りがほのかにうつる。桐の箪笥に守ってもらわなくてはならないような上等な服はないけれど、一着一着大切にしようと思えるようになった。

用もないのにクローゼットを覗《のぞ》いたりする。

七月二十八日　土潤溽暑《つちうるおうてむしあつし》

二十四節気「大暑」の次候、蒸し暑いころ

シロのPotagerで十五分も草取りをすれば、シャツを絞れるくらい汗が出る。今年こそはと扇風機付きの服を見に行った。いろいろな作業着を取り揃えている店にそれはあった。ヤッケの両脇腹の部分に直径十センチほどの穴が開いていて、別売りのファンを取り付ける仕組みだ。それとは別にバッテリーも必要。この三点を揃えないと扇風機付きのヤッケは完成しない。

意気揚揚とお店に入ったのに、結局、何も買わずに帰ってきた。バッテリーだけで一万円ほどする。全部で二万円だ。一万円くらいで揃うだろうと思っていたから面食らった。バッテリーはヒーター付きダウンベストにも使えるらしい。冬にも活躍すると書かれた広告が目に入った。シロとの散歩にいいじゃないかとイメージが膨らみ、一度は籠に入れた。けれども、冬にまたベストを買うのかと思い、棚に戻したのだった。

熱中症で倒れでもしたら、二万円を出し渋った自分を後悔するはずだ。何であれバッテリーは高いものだし、一年を通して活用できるように提案してくれているのだ。高いバッテリーを買わせるため、あるいは冬のベストも買わせるために貼られた広告ではないはずだ。なのに、お店の思う壺にはならないぞと、私は目的を見失っていった。

買い物をする時は、決まって天邪鬼な性格が邪魔をする。洋服屋さんで気になった服を手に取り見ていると「それ、かわいいでしょ」と店員さんに声をかけられる。そう言われて服を購入したことはない。かわいいと思うか思わないかは私が決めると心の中で言い陳列棚に戻す。かわいいという感覚は他人に無理強いされて覚えるものではない。自分がかわいいと思うから客もそう思うと思い込んでいる、あるいは思わせようとする店員さんのセンスが何より信用できない。仮に私もかわいいと思っていたとして、私に似合うとは限らない。だから「それ、私が今着ているヤツです」などと言われれば興味を失うし「お似合いです」と盛大に褒められると腐された気持になる。ここまで書くと私は天邪鬼なのではなくて、ただの意地悪だと気がつく。おそらく重症の。ほとほと自分が嫌になるが、衝動買いをあまりしないという評価もできる。マイルドに言って、ひねくれた倹約家というところだろうか。

それにしても暑い。あのヤッケ、やっぱり買おう。

八月六日　大雨時行《たいうときどきふる》

二十四節気「大暑」の末候、夕立が降るころ

今朝の収穫は、籠にいっぱいのプチトマトにキュウリ五本、ナスが八本、ゴーヤーは五本。ひと雨ごとに夏野菜がどっさり収穫できる。なんでこんなに植えたのだろうかと思う。収穫と消費に追われるたび、来年の種まきはほどほどにしようと考える。けれど、発芽しないかもしれない、枯れるかもしれないと重ねた心配の分、苗が増える。毎年のことだ。

私は、極度な心配性。夫がシロと散歩に行くと言うだけで心配になる。トイレは済ませたか、スマホは持ったか、車には気をつけろと何度も確認する。

振り返ると父も心配性だった。私がひとり暮らしを始めたころ、毎晩母から電話がかかってきた。父が母にかけさせていたのだ。ごはんは食べたか、風呂に入ったか、鍵はかけたかと問う母の傍《かたわら》に父の気配がしていた。

ある夜、携帯電話が枕の横で鳴った。なんとなく父からだと思った。通話ボタンを押すやい

なや。「お前、何時や思ってんねん！」大き過ぎる父の声は割れていた。深い眠りに入りかけていた私の心臓は破裂しそうだった。「鈴子やで。もしもし。私、鈴子やで」。激高した父は、度々姉と私の電話番号を間違えた。父の耳には姉と私の声が判別しにくいようで、こんなときは決まって落ち着くのに時間がかかる。私は私の名前を繰り返すしかなかった。そうして、ようやく「すまんすまん。寝てたんか。早よ寝てくれ」と電話が切れた。「寝れるかあ」と独り言を言ったあと、私は動悸がおさまるまで深呼吸を続けた。

姉は、奔放だった。二十二時の門限を易々と破る。その度、父はゴルフクラブを持って玄関前に立っていたらしい。肝を潰したと母は今でも語る。

今なら、父の気持ちが理解できる。心配で心配で仕方がなかったのだろう。あのころは親に心配をかけまいとして連絡を控えていた。もっと積極的に私から連絡をしたらよかった。

第三章　月兎

八月八日

涼風至《すずかぜいたる》

二十四節気「立秋」の初候、涼やかな風を感じるころ

暦のうえでは秋だが、まだまだ暑い。幼いころから、暑い季節には不思議なことがよく起こる。大阪に住んでいた小学五年生の八月、姉と一緒に盆踊りから帰ってきた時だった。我が家の前の電柱に中年の男性がつかまっていた。降りられなくなったから助けてくれと言う。父を呼び助けたのだが、近所の人や盆踊りから帰ってくる人が野次馬となって、ほんの少し賑わった。おじさんは少し酒に酔っていたのだけれど、話も足取りもしっかりしていた。「おもろいやっちゃなぁ、夏になるとちょいちょい出てきよるんや」と父は笑っていた。

大学生の夏休み、私は寮の自室で課題に追われていた。私の部屋は九階で、窓を開け放てば風が通って気持ちがいい。お風呂上がりに窓を開けた時だった。寮の向かいに建つ小学校のプールで裸の女性が泳いでいた。深夜二時。真っ暗なプールの中で白い体がぼんやりと発光しているみたいだった。クロールと背泳ぎを見た後、私は眠った。

数年前もあった。電車の中で、フルフェイスのヘルメットを被りグレーのスーツ姿で座っている人を見た。気になって仕方がない。少し離れた場所だったから、ジリジリと距離を縮めて、その人の斜め前まで来て思った。もしかしたら、何か怪我でもしていて隠しているのかもしれない。知らない振りを決め込んだ。

そして、昨年。その日も暑かった。肌から煙があがるのではないかと思うくらいの日差しが照りつけていた。借りていた本を返却しに図書館の駐車場に車をとめた時だ。七十歳くらいの身形《みなり》の小奇麗な男性が、透明のビニール傘をさして歩いていた。雲ひとつない空で、日よけにもならない傘をなぜさしているのだろうと考えながら、図書館に入った。五分後、次に借りる本を検索していたら、猛烈な雨音が聞こえてきた。

とても小さなことだけれど、八月は何かにでくわす。

八月十七日　寒蟬鳴《ひぐらしなく》

二十四節気「立秋」の次候、ヒグラシが鳴くころ

今日も雨。何日目だろうか。秋どころか梅雨に後戻りしたよう。

朝の六時半、灰色の雲が割れて太陽の光が差してきたから、シロとあわてて散歩に出た。湿度が高く少々息苦しいが、風がひんやりして気持ちがいい。シロも気持ちよさそうだ。

最初の放尿の後、シロの顔を覗き込むと口角が上がっている。やはり家の中にもうけてあるトイレシートとでは気分がちがうのだろうか。『陰翳礼讃』の中で谷崎潤一郎も言っていた。母屋から離れて、青葉の匂いや苔の匂いのしてくるような植え込みの陰に設けてある厠《かわや》ほど便通に行くのに恰好だと。風流だと。

やはり、シロも風流を好む男なのかしらと思った次の瞬間、空の雲が分厚くなっているのに気がついた。

「シロ、Ｇｏ」

走れの合言葉で、来た道を戻った。案の定、雨が降りだし、少しずつ強くなってくる。けれ

ども、シロのあしは早歩きくらいの速度を保ったままだ。以前ならば、「Ｇｏ」のことばと同時に猛ダッシュをして、私を引っ張ってくれていたのに。今日は、私に引っ張られている。もうすぐ九歳。四十半ばの私の年齢を超えてしまったのだろう。雨は、随分大粒になっていたけれど、歩いて帰った。

シロは、ペットショップで売れ残っていた。既に大きく成長していたから仔犬の姿を知らない。けれど、それはそれは可愛かったのだろうと想像する。年を重ねるシロも、それはそれは愛おしい。

少し頑固になり、甘えん坊になった。怖がりで慎重なところは相変わらずだ。食いしん坊でお調子者なところも、我が家に来た時から変わっていない。夫と私にそっくりなのだ。犬は飼い主に似るそうだが、はじめからシロは私たちに似ていた。だから、売れ残っていたシロを放っておけなかったのだろう。

あれから八年。アッという間だった。今はきっと折り返し地点で、この先もアッという間なのだろう。その後は、私は腑《ふ》抜けるのだろう。どこからか出てきた白い毛を捨てられずに過ごすのだろう。

雨に濡れたシロは、一段と芳醇な香りがする。今夜も抱きしめて眠ろう。

八月十八日　蒙霧升降《ふかききりまとう》

二十四節気「立秋」の末候、深い霧がたち込めるころ

今朝、シロとの散歩中、夫がコンビニでトイレを借りた。ゴミをまとめていた店員さんが外で待っていた私とシロに気がつき、声をかけてくれた。「かわいいね」と言いながら、シロを何度も撫《な》でてくれ、シロも楽しそうだった。犬が苦手なお客さんもいるだろう。店先で待つことを断られても仕方がないと思っていたから、ありがたかった。

ありがたかったといえば、二十五年前のある日のこと。在宅介護の仕事をしていた私は、三件の入浴介助を終えて事務所に帰る途中だった。体が熱かった。けれども、あらかじめ準備していた二リットルのお茶はすでに飲み干してしまっていた。どれだけ急いでも事務所に着くのに十五分はかかる。あまりの喉の渇きに飲み物を買おうとしたが、自動販売機は全て売切れのランプが光っていた。「何でもいい」と自動販売機を探すが、一本も残っていない。膝に力が入らないし腕も重い。どうにかしなくてはならないのに打つ手がない。暑いのか寒いのかもわ

からなくなりぼんやりとした時、コンビニの看板を見つけた。

コンビニの駐車場に車をとめて店奥の冷蔵庫に一直線。目に入った一・五リットルのスポーツドリンクを握りしめ、レジに急行した。そして、千円札を現金トレイに置いた次の瞬間、私はペットボトルの蓋を開けて飲みはじめていた。

ンギュ　ンギュ　ンギュ……

空になったペットボトルの底を見てようやく我に返った私は、すみませんと言い頭を下げた。すると店員さんは「いいえ」と小さく言い、私の手から空のペットボトルをそっと取り、「大丈夫ですよぉ」と言った。そしてバーコードをスキャンした。私が最後の一滴を飲み干すまで、店員さんは別の仕事をする振りをしながら待っていてくれたようだ。

恥ずかしくて顔を上げることができなかったから店員さんの顔を覚えていない。が、華奢な手は覚えている。おつりを返す両手でやわらかく私の手を包んでくれた。

その年一番の暑さを記録した日だった。

八月二十三日　綿柎開《わたのはなしべひらく》

二十四節気「処暑」の初候、綿を包むガクが開き始めるころ

大学生のころ、私は女子寮に住んでいた。寮といっても門限があるだけで、他に特別なルールはなく、皆、好き勝手に暮らしていた。

寮は、団地を一棟、塀で囲んだだけ。お化け屋敷と呼ばれるほど、古くて湿った建物だったけれど、私は気に入っていた。台所でお湯が使えなかったり、クーラーがなかったり、すぐにブレーカーが落ちたりと面食らうことばかりだったが案外すぐに慣れた。あたたかくなりはじめると、毛羽だった畳からいろいろなタイプの虫が出た。そのときも他の寮生が燻煙剤の使い方を教えてくれたから、平気だった。各々がアルバイト先から売れ残ったケーキやお寿司を届けてくれるのも嬉しかった。そんな友達が同じ棟に居て、広い部屋でひとり暮らせることがありがたかった。間取りは2ＬＤＫ。描きかけの一〇〇号カンヴァスの横に洗濯物を干しても、まだガランとしていた。

唯一私を悩ませたのは「スキャットマン」だ。毎朝決まって六時に、ピーパッパパラッポと聞こえてくる。どこの部屋からかわからないが、とんでもなく大きなボリュームで、私の部屋のトイレにまで轟いていた。普段は一曲目の途中で切れるのだけれど、ときに何曲も続く朝があった。きっとCDプレーヤーの目覚まし機能を解除せずに外泊したのだろう。学校もアルバイトもない日曜の朝でも私は六時に起きなければならなかった。

そして、ついに、スキャットマンの住人は目覚まし機能を解除せずに夏休みの帰省をしたようだった。誰も居ない部屋で、朝六時にセットされたCDは流れ始め、全曲終わるまで止まらない。朝はゆっくり眠っていたい、ただそれだけなのに、スキャットマンに起こされる。今日も明日も明後日も。私がいったい何をしたというのか。部屋運の悪さを恨んだ。未熟だった私には、管理人さんに相談するという知恵もなく、夏休みの間、規則正しく過ごした。そうして、夏休みの課題は全てA評価をもらったのだった。私史上唯一の誉《ほまれ》である。

スキャットマンの住人は、春、卒業していった。

八月二十八日　天地始粛《てんちはじめてさむし》

二十四節気「処暑」の次候、暑さがようやくおさまり始めるころ

スキャットマンの音を打ち消すように、寮の自室で流していたのはジェームス・ブラウンの曲だった。小学生のころからだから、ずっと前から、ＪＢばかり聴いていた。宿題をする時、デッサンの練習、試験前の勉強など今から何かに猛烈に集中しなくてはいけない時の気付け薬だった。

二十歳のころ一度だけＪＢのコンサートに行ったことがある。最前列から数えて四列目の席だった。生ＪＢに会えると思い緊張し過ぎた私は、ＪＢが登場してもフワフワした気持ちでいた。いまひとつ本物なのか確信がもてなかったのだ。「わぁ」「わぁ」と声が漏れ出るだけだったが、目の前のおじさんが「あああお」という金属音にも似た声を発した瞬間に私は絶叫していた。踊るとかステップを踏むとか、そんな優雅な状態ではなかった。全身に力が入り眉間に深い皺がよる。そしてひたすらに頭を振った。

あっという間だった。コンサートの序盤、中盤と進むにつれてＪＢの衣装が汗で変色していくのがわかった。「生きとる！」「生きとる！」と叫んでいた。

コンサートから九年後のある日、ジェームス・ブラウン氏が亡くなったとテレビの中のニュースキャスターが言った。信じられなかった。悪趣味なジョークだろうと思った。ＪＢは不死身だと私は思っていたのだ。理解するまでの間、テレビから三〇センチ離れたところで正座をして、ニュースを見つづけた。

ＪＢの訃報を知った日、久しぶりにＪＢのＣＤを手に取り、聴いた。社会人になってからは毎日が忙しく、音楽自体あまり聴かなくなっていた。懐かしい気持ちと、これだという気持ちと、こんなだったっけという気持ち。そうして繰り返し聴くうちに気がついた。ＪＢの曲が変わったのではなくて、私が変わってしまったのだと。絵がうまくなりたいと渇望して「一日が二十四時間では足りない」と切迫した毎日を送っていた。あのころの私では、もうない。

今もＪＢの曲をときどき聴く。ＪＢの声のうねりを感じるために。私の熱情を確かめるために。

九月三日　禾乃登《こくものすなわちみのる》

二十四節気「処暑」の末候、稲が実り穂を垂らすころ

三十三歳で夭折した中島敦は『山月記』の中で「人生は何事をも為さぬには餘りに長いが、何事かを爲すには餘りに短い」と書いている。高校生だった私は、こんな言葉を紡ぎだせる中島敦をかっこいいなと思った。

私が三十三歳になったころ、職場の上司は「明日死んでもいいように、今日一日を懸命に生きろ」と言っていた。そうよねと思う一方で、明日死ぬのなら頑張りたくないなとも思っていた。ゆったり過ごすほうが時間を贅沢に使っている感じがするのだ。

実際はどうかというと、難しい。たとえば旅行で、私はリゾート地と呼ばれる場所へあまり行かない。日が沈む様子をただ眺めたり、波の音を聞きながらカクテルを飲んだりできないのだ。時間が勿体《もったい》ない。旅行中、行こうと思っていた店が休みだった時の、店の戸の前に浮かぶ一瞬の余白でさえじれったい。だからいつも、分刻みの予定表を四パターン準備してから旅に

出る。

自分が貧乏性でせっかちだからといって、気早な人と馬が合うとは限らない。私よりせっかちな姉とは一時間ごとに「イライラすな」と言葉をぶつけ合う。

〝イラチ〟の種は両親から受け継いだ。父は電車の中でも歩いているような人だった。新幹線では一目散に食堂車に席を取り、食事をして新聞を読み、下車するころには相席した乗客と名刺交換を済ませていた。「結論から話しなさい」は母の口癖だ。そんな両親の娘である姉と私は、最近まで、エスカレーターは楽するためでなく階段より早くのぼるためにあると思っていた。エレベーターは待つ時間が嫌いだ。

毎日せわしく過ごしているのだけれど、何事かを成し遂げたという実感はない。時間を乱費してきただけだ。高校生の私の目にはとまらなかった「どうすればいいのだ。己の空費された過去は？　己は堪らなくなる。」という『山月記』の一節が、今、私に牙をむく。

九月八日　草露白《くさのつゆしろし》

二十四節気「白露」の初候、草に降りた露が白く輝いて見えるころ

朝、散歩道を歩くシロは輝く。朝日が白い毛に反射しているからなのだが、私は、シロの内側から光るのだと思っている。

いつだったか友人が「好きな人を思うあまり、その人になりたい」と言っていた。恐れ多いことである。私の片想い歴は十年を超えるが、シロになりたいと思ったことは今のところない。自ら発光する哺乳類に、私風情がなれるなどと自惚《うぬぼ》れてはいけない。

世間で言う親バカなのは知っている。けれども、シロの美しさは特別だ。半年お風呂に入らなくても「きれいね」と声をかけてもらえるのだから。美しいという言葉を辞書で調べると、すがた形や色、音などがすぐれていて、心を奪われるような感動を覚えるとある。私は鉛筆で「シロ」と書き加えた。

むかし日本では白い毛の犬を神の使いとして大切にしていたらしい。きっと、むかしの人も

後光が差しているると思ったのだろう。そして、ごく稀に長毛の白柴が存在し、「羽衣之柴」と呼んでいっそう大切にしたのだとか。その名残だろう、シロの血統書には白神号と名が記されている。

江戸末期、主人の代わりにお伊勢参りをしたとされる、おかげ犬。各地に残る話の多くは白毛犬だ。歌川広重の作品の中にも白毛のおかげ犬が登場する。犬がひとりで旅をするなんてフィクションだろうと思っていた。けれど「おかげ犬を助けると徳を積める」と考えられていたと聞けば現実味が増す。旅人は、きっと、我先にと犬のお世話をして、旅を楽しんだのだろう。

我が家のシロはというと、私の代わりにお伊勢参りをするほど健気なタイプではないし、度胸がある風でもない。けれど、お世話ができることは光栄なことである。シロのおかげで私の暮らしは好転したのだから。まず、毎日歩くようになり、ご近所さんとの会話が増えた。ほんの少しだけれど人見知りが減った気がする。そして、育犬日記を書くうち文章を書くようになった。シロと暮らす以前の私には想像すらできない。

シロは、今朝も、光の粒を振りまきながらあぜ道を歩いた。

九月十三日

鶺鴒鳴《せきれいなく》

二十四節気「白露」の次候、セキレイが鳴くころ

イタリア人のプロカメラマンと話をしたことがある。彼は日本の写真館で撮られた家族写真が好きではないと言った。硬い表情で家族全員がこちらを見ている姿が異様だと言うのだ。彼は、公園など明るい光の下で遊んでいる家族写真を撮るのが得意なのだとか。確かに、彼の写真にはどれも〝楽しかった瞬間〟が写し出されていた。

躍動を感じられる写真もいいが、私は日本の写真館で撮られた家族写真が好きだ。どんなに小さな写真館でも写真を撮るための空間は設えてある。グレーなど落ち着いた色の背景紙が垂れ下がり、ロココ調の椅子が置かれている。そこへ、カメラマンに促されながらひとりひとり並び、居住まいを正していく。そうして撮った家族写真には〝時代〟が写っているように思うのだ。

昨年末、本棚の断捨離をしていた時、私の入園式の日の写真が出てきた。写真館で記念に撮ったのだろう。姉と揃いの紺色のワンピースを着た私は思案顔をしている。そして、母は姉と私の隣で椅子に腰かけている。写真の中の母は今の私より若い。ふくよかな頬は着物の桜色と重なりあって奇麗だ。けれど、七十七歳の現在の母にはない緊張感も見てとれる。真一文字に結ばれた唇と、おくれ毛、ほんの少し乱れた半襟が当時の生活を饒舌に語っている。父が商いをしていた呉服問屋の手伝いに子育てと、この時代の母は大変だったんだなと思った。

静かにカメラを見つめるから写るのだ。家族にしかわからない家族の機微が。だから「家族写真」というのだろう。

シロと暮らしはじめてから、毎年スタジオで写真を撮ってもらっている。昨年は新型コロナ感染症対策のため断念したが、今年は再開したい。一年だけ途切れた家族写真も時代を写したものだろう。

九月十九日　玄鳥去《つばめさる》

二十四節気「白露」の末候、燕が去るころ

二〇二二年九月十九日午後三時。台風十四号が接近中である。ゴウゴウと風が吹き、窓がグゴグゴと悲鳴をあげている。シロが熟睡しているところを見ると雷は鳴っていない。

おやつを食べ、私も眠気が差してきたところだ。一番接近するのは日が暮れてからになるらしい。今、仮眠しておくべきか悩みながら原稿用紙に向かっている。

今日は祝日。けれども夫は会社に出かけた。業務上、嵐の日は会社で待機していなければならないからだ。結婚してからずっと、家に居てほしい時に夫は居ない。

嘆いても仕方がない。私は最悪の事態を考え、備え、平常心でいることに努める……と、わかってはいるもののくだんの心配性が邪魔をして、落ち着いていられないのだ。

停電した時のために、電池式ランタンをセットした。おむすびも多めにむすんだ。お茶も薬缶に満タンだ。それから他に何を準備したらよいのか。

シロは眠っている。お腹を上に脚を広げて寝息をたてている。生意気だ。つい最近まで、連日の雷にパニックになっていたくせに、余裕ではないか。嵐の日に心配そうな表情で私のそばを離れずにいてこそ可愛げがあるというものだ。

力を増す黒風が猛勢一挙に支柱を巻き上げ隣家の窓を直撃させやしないか、突然心配になり、シロのPotagerへ走った。案の定、支柱は全て倒れていたが、幸い風向きのお陰で大事《おおごと》にはならなそうだ。安心した帰り道、私は少し高揚した。強い風がぶつかりあい渦を巻き、一瞬間、私の体をふわりとさせたからだった。そして、確かにゴルフの素振りをしているご近所さんを見た。私は、今、カオスの中にいる。

九月二十三日　雷乃収声《かみなりすなわちこえをおさむ》

二十四節気「秋分」の初候、雷がおさまるころ

近ごろ燕を見なくなったと思ったら、秋が深まっていく合図。同じころ、我が家でもあるものが姿を見せなくなる。妖怪ヒャキヒャキだ。

奴は嵐の丑三つ時によく出現する。突如として寝ている家人の耳元に息を吐く。そして、家人が起きるまで執拗に吐き続ける。その時の音が「ヒャキヒャキ」と一定のリズムであることから、この名がつけられた。息はうっすらと生魚のような匂いがし、ぬるい。

暗闇に浮かびあがる姿は、白い毛で覆われており、舌が長い。その舌からはヨダレと思しき液体が滴り落ちている。口の奥にある牙が鈍く光り不気味だ。四肢は比較的細く、伸びた爪は硬く鋭い。

深夜二時を過ぎたころといえば、私の眠りは水深二百メートルにまで達する。ヒャキヒャキ音が簡単に届くところではない。それを知ると次の手を打ってくる。例の爪で私の頭をひっかくのだ。目覚めずにはいられない。小さな明かりを点けると、眼が血走っている。けれども恐

れることはない。尾のあたりを撫《な》でてやれば、次第にヒャキヒャキという音は小さくなり、やがて妖怪の姿は消えていく。そして、そこにはシロの形をした抜け殻だけが残る。

白白と夜が明ける。

奴が現れた朝のコンディションは極めて悪い。体は重たく、節々が痛い。私の体に乗り移ったのかしらとさえ思う。ヒャキヒャキが、すっかり体から抜け出た様子で、朝食を貪るシロを見ると恨めしい。けれども、妖怪ヒャキヒャキが現れた日はちょっぴりいいことがおこる。散歩で大好きなワン友に会えたり、スーパーで値引きシールを貼ってもらえたり。今朝も、白柴のウノちゃんに会えた。しばらく体調を崩していたが快復して、久しぶりに長い散歩コースを楽しんでいるとのことだった。ウノちゃんは、少し痩せてひとまわり小さくなったが、まあるい顔は健在だった。頬に触れると、私のお腹に頭をグリグリと押し当ててくる。力強くて、私は安心した。

妖怪ヒャキヒャキは少々世話が焼けるが、幸運をもたらしてくれるタイプらしい。あなたの家にもかわいい妖怪が住んでいるかもしれませんよ。耳を澄ませてみてください。ヒャキヒャキと聞こえてきませんか。

九月二十八日　蟄虫坏戸《むしかくれてとをふさぐ》

二十四節気「秋分」の次候、虫が冬ごもりに備えるころ

初めて香水に興味を持ったのは二十歳の時だった。ヨーロッパを二週間かけて美術作品を巡る旅でのことだ。極貧旅行だったから、美術館以外で立ち寄れるところといったら路地裏の小さな店ばかりだった。ホテルの朝食ビュッフェでサンドイッチを作り、街角のベンチに座りランチにしたこともあった。私はその時間が好きだった。街行く人を眺めるのは美術館と同じくらい、もしかしたらそれ以上に刺激があった。

シエナのカンポ広場の石畳に腰かけて寛ぐ女性からは甘くてキレのある香りがしたし、パリの薄暗いカフェではスパイシーな香りをまとった女性がホットチョコレートを飲んでいた。モンマルトルの女性は栗色のカーリーヘアを無造作にまとめていたし、ピカソ美術館の前で男性と喧嘩をする女性は首に赤いカーディガンを巻いていた。そして道に迷い声をかけたマダムは

手袋の上から指輪をはめていた。彼女たちは自分の魅せ方をよく知っているみたいだったし〝自分の香り〟があるのだろうことは、はっきりとわかった。乾燥した空気も手伝ってか、彼女たちの香りはどれも後を引かない印象だった。

その旅行以来、アルバイトでお金を貯めては、憧れの香水を買った。けれども体にまとうことは滅多にない。強い香りに酔ってしまうのだ。香水の霧の中をくぐるのは強いから、香水を含ませたコットンをトンと少量だけ肌にのせてみたりした。手首、お腹、膝裏、下着などいろいろ試したけれど、半日と我慢できない。パルファム、トワレ、コロンでは違うらしいと勉強しても、とうとう〝自分の香り〟を見つけることはできなかった。

よわった。大量に余った香水を処分するのは忍びない。もったいない。

いろいろ考えた結果、今は、家の芳香剤代わりに使っている。一番のお気に入りはトイレだ。普段のササッと掃除ではなくて時折する念入り掃除の仕上げに使う。トイレットペーパーの芯の中にひと吹き。あとはトイレの隅に積んで置くだけ。紙を使い切るまで香る。

十月三日　水始涸《みずはじめてかるる》

二十四節気「秋分」の末候、田んぼの水を抜き稲刈りをするころ

突然ですが〝ごはん食い〟ですか、それとも〝おかず食い〟ですか。私はごはん食いです。炊きたてホカホカの白飯をこよなく愛している。おかずは白飯をおいしく食べるためのものだとさえ思っている。栄養バランスを考えないで良ければ、白飯とおかずは七対三が理想だ。白飯がすすむおかずはたくさんある。生姜焼き、焼き鮭、回鍋肉、麻婆豆腐にハンバーグ、果てしない。

ハンバーグといえば、テレビのグルメ番組でハンバーグの断面から肉汁が流れ出る様子を映している場面がある。私はあれを平常心で見ることができない。あんな軽率な行為はあるだろうか。おいしい肉汁を無駄に放出しつづける行為。場合によっては、肉汁を多く出すために、フォークで執拗に肉を押している。食べるころには肉汁が一滴も残っていないのではないだろ

うか。肉汁の乱費、ああ、もったいない。

というわけで、我が家では頻繁にロコモコ丼を作る。ロコモコ丼の優れている点は、なんといってもハンバーグの肉汁を余すことなく食せるところ。どんなに気をつけていても肉汁は流れてしまうものだ。けれども下の白飯がキャッチしてくれるから心配いらない。そして、肉汁のしみた白飯の旨さといったらないのだ。

年齢を重ねるたび、恥じらいをひとつずつ手放してきたが、ハンバーグをごはん茶碗の上に丸ごと乗せて食べられるほどの強者《つわもの》には、まだなっていない。そんな私の肉汁ジレンマをオシャレに解決してくれるメニューがロコモコ丼なのだ。

肉汁loversのみなさま。白飯loversのみなさま。週末にロコモコ丼はいかがですか。

十月十二日　鴻雁来《こうがんきたる》

二十四節気「寒露」の初候、北から雁が渡ってくるころ

私は今年、四十六歳になった。もう大人の仲間入りをしてから久しい。見た目にも貫禄が出てきたように思う。しかし、どんどんダメになっていく。四十歳で仕事を辞め、コロナ禍になり、人との関わりが激減した。そして、根暗な性格は加速している。元来、人見知りで小心者だから、たくさんの人と話をした日はくたびれる。具合が悪くなることさえある。回復するまでの間はシロの毛を掌で行ったり来たりして過ごす。だから、お茶会や飲み会が減った今が、ちょうどいい。

願わくは、どこにも属したくないし誘われたくないのだけれど、顔を出すとなれば笑顔でいるよう努めている。私の真顔は怖いから。けれども、ヘラヘラしていると厄介な展開になりかねない。話の中心に引っ張り出されたりする。これがこわい。「平林さんはどう思う?」なんて急に感想を求められたりすると、狼狽するのだ。誰も傷つかない最良の答えは何か考えてい

るうちに時間が過ぎ、気まずい空気になる。あげく、この人は私の本音が知りたいのではなく自分の考えに賛同してほしいだけなのかもしれないなどと邪推し、勝手にがっかりする。だから、できる限り部屋の隅にいて、気配を消すようにしている。

いっそのこと「話しかけないで」と書かれた襷《たすき》を掛け過ごせたら楽だろうと思う。実際、十代のころは、そう念じながら暮らしていた。けれども、私が楽を選ぶ一方で尽力する人がいる。教えてくれたのは社会人一年生の同期ミワちゃんだ。彼女は、柔和な表情を絶やさず殺伐とした職場の空気を和らげてくれていた。笑顔はあまりにもさりげなくて、当たり前に傍にあるものだと思っていた。彼女が異動になって、初めて、助けてもらっていたのだと気がついた。そして、自分に不足している力を痛感したのだった。

私はずっとミワちゃんをお手本にしている。

十月十三日　菊花開《きくのはなひらく》

二十四節気「寒露」の次候、菊の花が開き始めるころ

テレビを手放す実験をはじめて、およそ五十日が経った。滑り出しは好調だ。まず、暗いニュースに落ち込まなくなった。テレビの前でぼんやり過ごすことがなくなり時間を有効利用できる。掃除がはかどるし模様替えも楽しい。

テレビを手放した理由は、テレビという物体が目障《ざわ》りだったからで、TVショーが不要だったわけではない。むしろ私はテレビっ子だったから、随分長い間悩んだ。我が家にあったテレビは四十二インチの薄型。家電量販店に並ぶテレビの中では、一番お洒落と感じる形を選んだ。性能や仕様では選んでいない。見た目重視だ。けれども、我が家にはしっくりこない。その〝妥協して買ったテレビ〟がリビングの中心に、家の中ではおよそ一番大切な場所に鎮座していることが気に入らなかった。

電源を入れていないテレビの画面は黒く、プラスチックや金属の大きな集合体である。その

黒いかたまりを乗せる棚も、高価だった割に不満の残る物体を眺めるためのソファーも置きたくなかった。だから、何もないリビングの床にポツンとテレビを置いていただけだった。

家を設計する時、「まずテレビはどこに置きますか」と聞かれたのだが、設計士さんに別の提案を求めた。けれども、納得のいく答えは得られず、家が建ち、十四年間テレビを見るたびに不快感が募り、呑気に鎮座しつづけるテレビが憎たらしくなっていった。どうにかして目につかないようにできないものかと考えあぐねていた。

ある日、無線のテレビがあることを知った。見ない時はテレビを押し入れに仕舞っておいて、見たい時にだけ出して見ればよい、妙案だと思った。そして、我が家の回線で利用可能か否か、工事は必要かなどを調べようと計画していた矢先コロナ禍になった。やがてテレビをつけるたびに滅入《めい》るようになっていった。テレビの中のアナウンサーは、毎朝、新型コロナ感染者数を読み上げる。

ある朝、ため息をつきながらパンをかじる私を見て、夫がテレビを消した。そして「テレビ見るのやめよう」と言った。

今朝はボサノヴァを流しながら食事をしてみた。

十月十九日　蟋蟀在戸《きりぎりすとにあり》

二十四節気「寒露」の末候、秋の虫が戸口で鳴くころ

ワン友はいい。

誰かの悪口を言い合うことがないし、相手の顔色を窺うこともない。愛犬が昨夜の雷に怯《おび》えていたとか、今朝も快便だとか、そんな他愛ない話を案外真剣にする。散歩中に出会い、数分立ち話をして「またねぇ。バイバイ」と別れる。

シロには友達がいる。ウノちゃんはシロより少し小さい白柴の女のコ。お互い距離を保ったままぴょんぴょんと弾みながら会えた喜びを表現する。その様子はまるで紙相撲のよう。チョコちゃんはトイプードルの女のコ。シロの姿を確認するとママさんに抱っこをせがむ。いつも高い所からのご挨拶だ。ココちゃんはコーギーの女のコ。シロとは幼馴染。誰とでも仲良くなれて撫でられ上手だ。

ウノちゃんパパはトリマーさんにシャンプーしてもらうことを洗濯と言う。チョコちゃんマ

マは「サマーカットでイメチェンしたよ」と教えてくれた。ココちゃんは毎週金曜日の夜パパさんとお風呂に入るらしい。「もぉ湯舟が毛だらけよ」とママさんが笑顔で嘆いていた。

ちなみに、シロは家のお風呂で私がシャンプーする。一人前にコンディショナーも使う。私のコンディショナーより高価で、フルーティーな香りが三日間ほど楽しめる。そして少しずつシロの匂いに戻っていく。

シロの匂いが好きだ。ただの犬の臭い匂いなのだろうけれど、嗅がずにはいられない。シロの匂いは格別だとさえ思う。湿度が五〇％を超えると匂いの濃さが増す。梅雨から夏はシロ臭が濃すぎて息苦しいが、冬はドライ過ぎる。シロ臭を楽しむのには春と秋が最適だ。

まず、頭から背中にかけて撫でる。さらさらで柔らかい毛を感じた後、顔をうずめる。荒ぶる気持ちがシロに伝わってはいけない。そっと顔を近づける。そして、肉球へと移る。肉球はシロ臭が凝縮された場所。けれど、脚先は犬にとって大切で、とてもデリケートなところ。細心の注意が必要だ。嫌がる時は無理強いしない。これが、シロ臭を堪能する作法だ。

シロはというと、夫の匂いに夢中のようだ。取り込んだ洗濯物の山の中から、夫の衣類をくわえて出し、体を擦りつけたりする。体をクネクネとよじらせて恍惚としているから、なんだか夫が羨ましい。これを片思いと言うのだろう。

十月二十四日　霜始降《しもはじめてふる》

二十四節気「霜降」の初候、山里では霜が降り始めるころ

ある独身の四十代男性が、理想のプロポーズを話していた。

「お付き合いをしている女性とひと晩過ごし、朝食を食べていた時、「おかわりー」と自分の茶碗を差し出す。すると彼女が「はーい」と言って茶碗を受け取り、ご飯をよそいに行く。彼女がごはんをよそう瞬間に「結婚しよっか」とさり気なく言う。こういうプロポーズがしたい」

話を聞いていた男性はみんな一様に「いいねー」と目を細めていた。けれども私の胸はザラザラと毛羽立った。

自分のご飯くらい自分でよそいなよ。

自分が汚した食器を洗う、自分が汚した服を洗う、散らかした部屋を自分で片付ける、これらは全て食事後に歯を磨くことや排便後にお尻を拭くことと同じことだ。炊事洗濯を一度もし

たことがないという男性が令和になってもいるそうだが、その人は今でもお母さんに歯を磨いてもらい、お尻を拭いてもらっていますと公言しているのに等しい。だから「おかわりー」と言われると、「うんちでたー」とお尻を突き出しているみたいに私の目には映る。

夫が怪我をしたり具合が悪い時には、できる限りのことをしたいと思う。実際、夫が腰椎椎間板ヘルニアになり一か月間寝たきりの生活を送った時は、すすんで排泄介助をした。けれども、元気になってからはしていない。

当たり前すぎることをもう少し書きたい。家族がひとりひとり洗濯していたのでは非効率だからまとめて一度に洗濯をしたほうが良い。また家計のためには経済活動もしなければならない。だから我が家の場合、夫が仕事に出かけ、私が大まかな家事をしている。けれども、今のところ夫のおかわりはよそわないし、歯磨きもしていない。

以前勤めていた会社の社長の口癖は「私は女性の味方です。昔から男女共同参画をおしすすめてきました」だった。もう一つは「コーヒーを淹《い》れてください」。

自分のコーヒーくらい自分で淹れてください。

あのころも、今回も、言葉に出して言えなかった。

十月三十一日　霎時施《こさめときどきふる》

二十四節気「霜降」の次候、ときどき小雨の降るころ

シロは柴犬だから、被毛が二層構造になっている。ダブルコートというらしい。少し長いトップコートとフワフワのやわらかいアンダーコート。このアンダーコートと呼ばれる被毛が夏になると抜け落ちる。この毛に触れると実にあたたかい。ダブルコートの犬はダウンジャケットを着ている感覚と何かで読んだことがあるが、なるほどなと思う。残念ながらアンダーコートはひと晩で抜け落ちてはくれない。シロの場合、私が暑いなと感じるころから少しずつ抜け落ちて夏の間抜けつづける。だから、私が肌寒いなと感じるころまで、シロとの遠出は控えている。

そんなわけで、本格的に涼しくなってきたから、先日、飛騨高山へ家族旅行に出掛けた。夫と私は、高山の古い町並みを散策したり、飛騨牛のお店で舌鼓を打ったりした。シロも行きかう旅行者に挨拶をしたり、車夫の方に撫でてもらったりと楽しそうだった。そして、私たちは、

とある木工所を見学した。イチイの木を一刀彫しているとのことで、どの作品も赤褐色で秀麗だった。中でも私は、六十年前に彫られたという般若の面に釘付けになった。

般若の面を見ると、幼いころを思いだす。姉と私は母に連れられよく伯母の家に泊まった。この家の客間に般若の面があった。おしゃべり好きな伯母と母の話は夜通しつづく。客間に布団が敷かれ姉と私は早々と寝かされるのだった。

三十歳を過ぎて「布団を頭まで被り耐えていた」と伯母に話したことがある。伯母は「言ってくれたらよかったのに、ごめんね」と笑っていた。あのころ、なぜ「お面が怖い」とひとこと言えなかったのか自分でもわからない。

小さい人は大人の想像しないところで我慢していることがある。親からの虐待で命を落とす子のニュースが絶えない。児童相談所に寄せられる相談の数も増えつづけているのだとか。子どもの数は減っているのに。

伯母の話だと、般若の面は魔除けの意味があるらしい。幼い私たちを邪気から守ってもらうためだったと知り、あのおそろしかった夜が愛おしい。

今、我慢を強いられている子がいるならば伝えたい。怖がらなくてもいいよ、勇気を出して大人に話してみて。

十一月三日　楓蔦黄《もみじつたきばむ》

二十四節気「霜降」の末候、葉が色づき始めるころ

今日は二十三回目の結婚記念日、夫も私も健康で無事にこの日を迎えられてよかったなと思う。夫と初デートをしたのは二十歳の時だった。イタリアンレストランで夕飯を食べたのだが、ほとんど食べられなかった。緊張のあまりパスタをフォークにクルクルと上手に巻けなかったのだ。

初デートに好ましい食事はなんだろう。きっとこの先、必要ないと思われるが考えてみた。まず、麺類はよろしくない。ラーメンも蕎麦もズルズルと音をたてて食べるのがマナーだなんて乙女にとってハードルが高すぎる。フォークとナイフを使う店も勘弁願いたい。右手と左手の動き、正面に座る初デートの相手にも細心の注意を払わなければならない。パニックになること必至である。焼き鳥なんてのも気取らなくて良さそうだが、串の奥に刺さった肉の食べ方に悩む。また、座敷など靴を脱ぐタイプの店も避けたい。サンダルを脱いだ後の裸足では落ち着かないし、ブーツの脱着も面倒だ。それに、ブーツの下の靴下と服が似合わないことに気が

ついたら落ち込むにちがいない。気持ちの立て直しに時間を要するだろう。

ところで、なぜ靴下は履き心地の良さと見た目の良さが一致しないのだろうか。見た目重視で買うとおしなべて履き心地が悪い。繊細なものはすぐに破れてしまうし、フィット感に乏しい。ブーツの中で脱げてしまい、つま先の奥で蛇腹に丸まることがある。もし蛇腹のタイミングでブーツを脱ぐなんてことにでもなったら、一体全体どうして初デートを乗り切ったらよいのだろうか。

それから鍋や焼き肉など、シェアするメニューはペース配分が難しいし、目の前で揚げてくれる天ぷらは熱すぎる。ハフハフする顔に自信があれば別だが。これらを鑑《かんが》み出た答えは、洋食だ。アルコール類を扱っている店も多いし、カジュアルな雰囲気が初デートに適しているのではないだろうか。

今では、夫の前で分厚いハンバーガーにかぶりつくことができる。フライドポテトをシェイクに浸けて食べたりもする。あげく、この悪食を夫にすすめたりするのだから、改めて長い時間が経ったことを実感する。

ブーツもサンダルも長いこと履いてない。夫と私は、今、万年スニーカーで五本指靴下を愛用している。そんな二人で食べるおうちごはんが一番満腹になれる。

第四章　寒月

十一月八日　山茶始開《つばきはじめてひらく》

二十四節気「立冬」の初候、サザンカの花が咲き始めるころ

熱くて啜《すす》れなかったコーヒーがすっかり冷たくなった。私は原稿用紙に向かっている。一文字も浮かばない。気分転換にシロと一緒に外に出てみる。あちらこちらと見渡してみるけれど、エッセイの種は落ちていない。それもそのはず、朝の散歩からまだ二時間と経っていないのだから。そうそう刺激的な話に出くわせるものではないし、頻繁に事件が起こっても困る。一時間ほど歩いて、何事もなく帰宅した。

弱ったな。ダイニングテーブルに原稿用紙が置かれたままだ。私の毎日が凪《なぎ》であっても何かしら書いて提出しなければならない。むしろ、無風の日々をああでもないこうでもないと書けるようになりたいのだが、何でも良いわけではない。いい加減でもいけない。我が編集長さんは手厳しいのだ。ううむ。手厳しという表現は適当とはいえない。丹念に添削して下さる。今も、きっと、見られている。だから言葉は慎重に選ぶのだ。のだ。のであるにしようか、べき

であるが良いか、必要があるもある。いったい、私はいつからこんなことばかり考えるようになったのだろうか。だろうか。誰に聞いているのだろうか。

どうしようもないことばかりが頭に浮かんできて邪魔をするから今日はやめにしよう。少し遠くへ行こう。よし、自転車に乗って…もとい、自転車を漕いで、いや運転か、あるいは走ってか、とにもかくにも自転車を操って図書館にでも行こうではないか。そうして、言葉から私を解放しよう。いいや、図書館はダメだ。もうイヤだ。イヤなんだ。私の胸とお腹と太ももと肘《ひじ》と踵《かかと》がイヤだと言っているんだ。言葉とか文章とか、もう嫌いなんだ。あっちへいけ。

乾燥した風をひゅんひゅんと顔に感じながら自転車を漕いで十五分。芝生の公園まで来た。ベンチに座ってリュックサックの中にあった本を取り出す。久しぶりに読む谷崎潤一郎の『厠のいろいろ』。誰もいない公園で声に出して一気に読んだ。「私の肛門から排泄される固形物は、何十尺の虚空を落下して、蝶々の翅や通行人の頭を掠めながら、糞溜へ落ちる。」てな具合で便所についてああでもないこうでもないと書いている。実にくだらない。ああ、くだらないくだらない。だのに、この人はいつだって私を夢中にさせる。いい気分だ。

書けるかな。いけそうな気がする。もう一回、原稿に向かってみよう。帰ろ。

十一月十三日　地始凍《ちはじめてこおる》

二十四節気「立冬」の次候、大地が凍り始めるころ

夏野菜、冬野菜、春植え野菜、秋植え野菜などいろいろな呼び名があるけれど、越冬野菜という言葉の響きが好き。越冬がいいのかもしれない。寒い冬を各々乗り越えようと耐え忍んでいる姿を想像して萌える。ただでさえ、シロのPotager の野菜を愛おしく思っているのに、我慢しているなんていじらしいじゃないか。

ちょうど今、越冬野菜の準備に追われている。イチゴ、玉ネギ、エンドウ豆。そして大麦。十一月に種をまいて順調に育てば来年六月に収穫できる。栽培期間は実に八か月。越冬野菜は、おしなべて栽培期間が長い。寒い冬を経験してこそ春の急成長が望めるのだとか。そう聞くと胸の奥がくすぐったい。「助走期間が長いほど高く遠く飛べる」という中学校の先生の言葉を思い出す。が、最適な助走期間は人それぞれではないか、能力と練習次第では助走なしでも飛べるようになる、私はその方法が知りたいと思っていた。実に可愛くない中学生だ。

今は先生の話が理解できる。すぐに芽が出なくても腐らずに努力を続けてほしいという励ましだろう。私も、昔日の刻苦勉励が血肉になっていると感じたことが幾度となくある。ただ、私より随分と若い人たちへメッセージをおくるなら、少し付け加えたい。方向を見失わず正しい方法で努力してほしい。方向と方法を見失いかけたら、あなたの目指す場所にあなたより先に立っている人に話を聞くことをお勧めする。あなたが見たい景色を見たことがない人の憶測ではなく、見ている人の話を聞いてほしい。できれば、たくさんの人の。そして、自分のタイミングでジャンプしてほしい。

手に入れた大麦の種は六条大麦で「春雷」という品種。麦茶にしたい。麦茶になるまでには収穫、乾燥、脱穀、唐箕《とうみ》掛け、焙煎と気の遠くなるような工程がある。昨年初めて収穫した時は、段ボールで唐箕を作り扇風機と合わせて籾殻《もみがら》を飛ばし、玄麦とに選別した。面倒で地道な作業は、時折、私をくじけそうにさせるが、達成した喜びを大きくもしてくれる。

その前に、まずは種まきだ。

十一月十八日　金盞香《きんせんかさく》

二十四節気「立冬」の末候、水仙の花が咲き始めるころ

暦のうえでは冬だが、最近、ようやく秋が深まってきた感じ。秋といえば食欲、読書、芸術の秋などと言われる。私といえば食いしん坊だから聞いてもらいたい食の話がいくつかあるのだが、今日はアートの話をしよう。

昔、絵を描いていたと言うと「好きなアーティストは誰か」と問われることがある。非常に難しい質問だ。アートそのものが好きだから、特別好きなアーティストはいないのだ。けれど、全身が痛くなるほどショックを受けた作品がある。ミケランジェロが二十四歳のころに完成させた『ピエタ』だ。構図、細部の彫刻、全てが美しかった。バチカンのサンピエトロ大聖堂で、二十歳の私は、心臓を握りしめられているような息苦しさを感じた。

ミケランジェロは『サンピエトロのピエタ』の他にも三点の『ピエタ』を彫っている。残念ながら三点とも未完成だ。

亡くなる数日前まで彫りつづけたといわれる『ロンダニーニのピエタ』は、ミラノのスフォルツァ城美術館にあり、あらゆる角度から鑑賞することができる。舐《な》めるように見ても、正直、完成が全く想像できない。途中でプラン変更したらしい腕が、肘からちぎれた状態でキリストの足元に刺さっている。はたしてミケランジェロは、後世に、この状態を見せたかっただろうかと思った。

画学生の私にとって、描き損じや未完成のものを見られることほど恥ずかしいことはなかった。デッサン中、先生に背後に立たれることすら嫌だった。

描く途中を魅せるパフォーマンスアートならばよいのだろうが、それ以外の作品で未完の銘が付いていると、アーティストを気の毒に思う。共感する人は少なくないだろう。谷崎潤一郎も随筆『文房具漫談』の中で書いている。「私は消しをした部分は、他人に読まれないやうに真っ黒に塗り潰す」と。

「死んでも嫌だ」という言葉を時折耳にするが、私はいつも『ロンダニーニのピエタ』を思い出す。

十一月二十二日　虹蔵不見《にじかくれてみえず》

二十四節気「小雪」の初候、夏のような虹を見かけなくなるころ

アフタヌーンティーのような優雅な世界に憧れるのだけれど、私はコーヒー党である。毎日三杯ほどコーヒーを飲む。朝食に一杯と午前中に一杯、午後にも一杯。こだわりはない。朝はドリップコーヒーを夫と一緒に飲むけれど、あとはインスタントコーヒーだ。インスタントコーヒーは、私にとって何かを始める時の儀式であり、気付け薬のようなものでもある。

高校生のころ美大受験のためデッサンの塾へ通っていた。塾では、モチーフを組む前に、毎回、先生がコーヒーを淹れてくれる。「何でもいいから集中するパターンができるように」とのことだった。元野球選手イチロー氏の〝ルーティン〟は有名だが、それに似ているかもしれない。試験では概《おおむ》ね六時間かけて一枚のデッサン画を仕上げる。モチーフが配られ「はじめ」の声がかかると、構図を考えてモチーフを組み鉛筆で描いていく。それは、時間との戦いで、どれだけ集中できるかが重要だった。

私は、家でも毎日インスタントコーヒーを淹れデッサンの練習をした。するといつからか習慣になった。

あのころはゾーンという言葉を知らなかった。が、コーヒーを飲み、モチーフを組み始めると次第に周りの景色が見えなくなり、六時間後のアラーム音でようやく我にかえることが度々あった。

十代のころに鍛えた凄まじい集中力は、残念ながら衰えてしまったが、今でも集中したい時はインスタントコーヒーを淹れる。この原稿を書いている傍らにコーヒーがある。

ひとり用のドリップコーヒーを淹れる時もあるけれど、あれはいけない。癒し効果抜群だから。コポコポとドリップしている間に私のヤル気はシュルシュルとしぼんでいってしまう。やはりインスタントコーヒーでなければ。

十一月二十七日

朔風払葉《きたかぜこのはをはらう》

二十四節気「小雪」の次候、北風が木々の枯れ葉を落とすころ

かわいいコを見て「食べちゃいたい」と言う人がいる。シロを食べてしまいたいという気持ちには、まだなったことはない。けれど、シロの後頭部にかぶりつくことならある。不意にそうしたくなるのであって理由はわからない。シロはというと私に頭を噛まれても嫌な素振りは見せず喜んでいる感じでもない。またはじまったのかという風の表情をするだけだ。

いつだって塩対応のシロだけれど、顔は醬油だと思う。幼いころ、ソース顔とか醬油顔とかいう言葉をよく聞いた。父も母も姉も私も醬油顔ではないけれどソース顔でもないから、不安だった。どちらにも分類されない私の顔は何顔なのだろうと。ケチャップでもマヨネーズでもない。いまだに答えは出ないが、こってり系なのは確かだ。ラーメンでたとえると二郎系だろうか。

ラーメン店では醬油味を注文する。塩ではあっさりし過ぎているし味噌ではすぐにお腹いっ

ぱいになってしまう。さっぱりしていながら食べ応えがあるのは醬油ラーメンだと思う。醬油ラーメンでもいろいろあるが、豚骨スープは匂いが少々苦手だから透き通ったスープが好きだ。そうは言っても時には浮気をする。先日、初めて訪れた町のラーメン店はカフェのような内装だった。お店のロゴも店員さんもポップな雰囲気で私はときめいた。そして、濃厚でヘルシーと謳われたラーメンのスープは、カプチーノのように泡立っていた。これが鶏白湯《チーパイタン》というものか、と気持ちの高ぶりをおさえながら一口飲んでみる。舌にザラザラと残るような濃さなのにあっさりしている。おもしろいなと思いながら食べすすめた。

カフェのようなラーメン店で食べたカプチーノのようなラーメンは美味しかった。けれども、物足りない。ラーメンを食べたぜという感じがしない。ウインナーコーヒーを注文したのにソイラテが出てきた感じに似ている。確かに健康には良さそうだが、ラーメンにヘルシーは求めていない。その日の夜、私は近所のラーメン店に行きなおした。少しだけ粘着する床に気をつけながら券売機でいつもの醬油ラーメンのボタンを押した。

シロは清湯《チンタン》スープの醬油ラーメン顔だ。ほんの少し油が浮いているスープで分厚いチャーシューがのっている。麺は中細。まさに私の好みのタイプなのだ。どれだけ眺めても、何度かぶりついても、飽きない。正面から横から後ろから、うん、かわいい。

十二月四日　橘始黄《たちばなはじめてきばむ》

二十四節気「小雪」の末候、橘の実が黄色く色づき始めるころ

シロのPotagerに蜜柑《ミカン》ができた。二〇一八年に苗木を植えて、初めて結実した蜜柑。私の膝ほどの小さな木に二個、黄色くなりはじめた。

蜜柑というと、あの日の父のごわごわした手を思い出す。

六歳の私は父に連れられ青果市場へ行った。そのころ父が営んでいた青果店の仕入れをするためだ。市場には普段見られない物が多くあった。たとえば、大人が「パタパタ」と呼んでいたその車は前方に円筒型の動力部があり、上部にハンドルがついている。後部に積まれた荷物を運ぶのだが、しゃがれた大きな声をあげ、細い通路を巧みに行く様は、戦闘用馬車チャリオットに乗る古代ローマの兵士のようだった。

私はその日も、市場の兵士たちを眺めていた。師走の市場の熱気は凄まじい。誰もかれも喧嘩をしているみたいに見えた。椅子に座って、コンクリートの床まで届かない自分の足をブラ

ブラさせていた時だった。一人の兵士が「鈴ちゃんは何キロになった?」と言うが早いか、私を秤《はかり》に乗せて「十八キロか小っせぇなぁ」。

するると、忙しくしていたはずの兵士が三三五五集まり始め、代わる代わる私を持ち上げた。私の両脇を持ち、上げ下げしながら「むずかしい」とか「ちょうどいい」とか言っている。どうやら、歳末セールの話のようだった。私とピッタリの重さの蜜柑を箱に詰められた客に、その蜜柑をプレゼントするイベント。

そこは、市場内にある父の友人が営む乾物問屋。父が仕入れをする間、私は店先の椅子に座って待っていなければならなかった。なぜだか、その日に限って父はなかなか戻ってこない。兵士たちと乾物問屋の主人との間で私をレンタルする話は成立していく。悪戯《いたずら》か本気か見当がつかず、怖ろしかった。

父がひょこひょこと戻ってきた時、はじめて、私は自ら父の手を握った。「なんやお前どしたんや」と父は驚いていた。いつも父に反発ばかりしていたから無理はない。

あのとき私は泣かなかったのに、今朝はふたつ並んだ蜜柑に泣けてきた。

十二月七日　閉塞成冬《そらさむくふゆとなる》

二十四節気「大雪」の初候、本格的な冬が訪れるころ

いよいよ鍋料理がおいしい季節だが、鍋はお好きだろうか。

私は鍋料理なら何でも好きだが、実はちょっぴり苦手だ。鍋というより、数人で囲む料理に尻込みするのだ。しゃぶしゃぶ、すき焼き、焼き肉にバーベキューなど。

私は下戸で夫も家では飲まない。だから、我が家で鍋をはじめれば、ほとんど無言でせっせと作りノンストップで食べる。けれども、夫以外の誰かと鍋を囲むとなるとそうはいかない。食べるペースが早い人もいれば遅い人もいる。アルコールを楽しみながらゆっくり食べたい人もいれば早い段階でシメのご飯や麺を促す人もいる。はたまた野菜は後から入れてほしいと言う人もいる。実に難しい。一人ひとりの食べる様子を見ていると、何もできなくなり、何も食べられなくなるのだ。

そんなとき頼りになるのが鍋奉行だ。それぞれの好みや習慣、ペースなどをほどよく無視し、

有無を言わせず皆の足並み、いや箸並みを揃え、かつ楽しい雰囲気を演出しつづける。それがスーパー鍋奉行。職場や、親戚のおじさんのなかにも一人はいるのではないだろうか。

以前勤めていた会社の先輩がそうだった。四歳年上の先輩は松嶋菜々子さんのような雰囲気で、いつも花のような良い香りがしていた。電話対応の声は麗《うら》らかで、電卓をたたく指もキーボードを打つ音も優雅だった。そして飲み会になると、手が四本、口は二個に増えたのではないかと思うほど俊敏に鍋をさばいた。武勇伝を話しつづけ、食べるペースが遅くなっている上司には酌をし黙らせる。肉ばかり取る同僚には「ここの野菜は新鮮でおいしいですよ」と言う。遠慮している後輩には「早い者勝ちだよ」と促す。そうして先輩の作ってくれた雑炊は最高だった。

私はそんなスーパー鍋奉行さんに憧れながら、絶対になり得ないとも思っている。

十二月十二日　熊蟄穴《くまあなにこもる》

二十四節気「大雪」の次候、動物たちが冬ごもりをするころ

哺乳類で冬眠をするのはコウモリ、シマリス、ハリモグラなど一八〇種類以上という。もう、眠くなり始めているだろうか。今ごろ、せっせと準備しているはずだ。

若いころは私も眠たかった。二十四歳で結婚して、苦手な家事はと問われれば「早起き」と答えていた。手前味噌で恐縮だが、家事は何でもだいたいできる。一人暮らしが長かったから料理だって掃除だって、ひと通り苦労はしない。けれどもそれは、目が覚め、体が起きているからできるというもの。起きている時間が少ないのでは得意も不得意もないのだ。

仕事のない日は嬉しかった。正午を過ぎても眠っていられたし、二度寝もし、夕方にも眠った。そして、ロードショーをトロトロとした目で観て過ごした。

一年中冬眠しているみたいだったのに、最近は上手に眠れない。眠れないほど面白いアイデアが毎夜頭に浮かんでくるとか、鈴子の声が聞きたいと熱望する友人から毎夜電話がかかって

くるとか、そんな理由ではない。詰まるところオトシゴロなのだ。

何時にベッドに入っても、翌朝の四時四十五分に目が覚める。夜中に何度も覚醒しても二度寝することができない。もう、こうなったら動こう、と決めてからは、隙間家具のように予定を詰め込む毎日になった。朝食を準備し食べ、シロと散歩に行き、シロのPotagerで作業し、洗濯、掃除、夕飯の準備をして午前十時までには一度原稿に向かいたい。新婚当時には考えられないほどせわしないし、会社勤めをしていたころより忙しい。

昼食後は本を読む。出かける予定がなければ、夕方まで。コーヒーを淹れて、本の世界に行ったきりになる。

しかし、最近、夫が異動になり一時間遅く出勤するようになった。午前六時には出かけていたのに近ごろは七時を過ぎても家に居る。夫は、朝ゆっくりできると喜んでいるが、私はジリジリと焦る。午後の読書の時間が短くなってしまうじゃないか。早く出かけてちょうだいとは言えない。

本のつづきが気になって仕方がない朝は落ち着かない。夫のせいでも夫の会社のせいでもないのだけれど、誰かに詰め寄りたい気持ちになってくる。

十二月十七日　鱖魚群《さけのうおむらがる》

二十四節気「大雪」の末候、鮭が群がり川を上っていくころ

ゆっくりと冬に向かっているみたいだったのに、今朝は寒い。私のなで肩はいかり肩になって、次第に痛くなっていく。頭まで痛くならないうちに、体をあたためたい。というわけで、防寒着を出した。

外気温が五度を下回ったら、家の中でもダウンジャケットを着ると決めている。ダウンのズボンも履く。裏起毛のルームシューズも履くから、まるでだるまのようだ。私の全身黒色のダウン姿を見て「最近、めっきり、そんな人見なくなった」と言ったのは、年中釣りを楽しむ友人だ。今は釣りファッションも明るくてかわいいアイテムが揃っているらしい。確かに、私の部屋着姿は地味で物々しい。SNSなどで見る可愛らしい部屋着姿にはほど遠い。しかしSNSのオシャレな暮らしを提案してくれる細くて色白の方々などが着ているシルクのようなテロテロした、あれ。寒くないのだろうか。南国か、写真に写っていない所に暖房機が並んで

いるのか。いいや。そんなはずはない。東京都知事の小池百合子さんが「タートルネック着てね」と言い出すくらいエネルギー不足らしいのだから。

いずれにしても、春が来るまで、だるまはやめられない。シロと暮らしはじめる前からだから、もう十年以上そうしている。それまでは、どんな格好をしていたのか記憶にないが、高校生まで記憶を遡ると、私は薄着だった。ミニスカートにルーズソックスで自転車を漕いでいた。信じられない。「見てるだけで寒いわ」とご近所さんに言われたものだ。そして今、私は高校生たちの薄着姿に驚き、心配している。受験生のみんなが風邪をひいたら大変だとか、しもやけになりはしないだろうかと。けれども、私がそうだったように、きっと今の高校生も大丈夫なのだろう。そう自分に言い聞かせながら、シロとの散歩中出くわす高校生たちに「風邪ひくなよー」と心の中で呼び掛けている。

ちなみにシロは勝手に毛が生えかわるから、いつだって裸にチョーカーだけ。「シャネルNo.5だけ」と言ったマリリン・モンローみたいにセクシーで、持続可能な男。そして、湯たんぽみたいにあったかい。

十二月二十五日　乃東生《なつかれくさしょうず》

二十四節気「冬至」の初候、ウツボグサの芽が出てくるころ

年の瀬になると思い出すのはアルバイトである。大学生のころ画材費を稼ぐため私はいろいろなアルバイトをした。早朝のパン屋にドラッグストア、家庭教師など。

冬休みに帰省している間も、実家から通える短期のアルバイトを探した。食品加工の夜勤に派遣されることが多く、クリスマスケーキや正月餅の生産ラインを経験した。

とある冬休み、美大生というだけで手先の器用さを信用され、初日にクリスマスケーキのデコレーションをまかされた。とはいっても、一晩中苺《イチゴ》をのせつづけるだけの作業。私はすぐに慣れてしまい、夜が明けるまで睡魔と戦いつづけた。とめどなく流れてくるケーキの甘い香りがいっそう眠気を誘う。渦を巻く生クリームでさえ「眠れ」と呪文をかけてくるのだった。

元旦は家族と過ごした。姉と一緒に行った初詣の帰り道、ふらりと入ったコンビニで、店員さんの「いらっしゃいませ」のことばに、私は「いらっしゃいませ〜」と言い返してしまった。

これは〝やまびこ〟と言い、来店したお客様に店員が挨拶をし、他の店員が呼応するというもの。ドラッグストアで身につけた接客だった。

姉と立っていられないくらい笑ったのだけれど、マズイと思った。元旦くらい、自分をアルバイトから解放しようと思っていたのに。客として来たのに。

大変だと思うこともあったアルバイトだが、今では嬉しかった記憶ばかりが思い出される。早朝のパン屋から学校へ向かう時は「鈴ちゃんいってらっしゃい頑張りすぎるなよ」と送り出してもらい、学校帰りのドラックストアでは「おかえり」と声をかけてもらって仕事が始まった。そして、風邪をひき熱をだした時は薬剤師さんが薬を、パートさんがおかずを持たせてくれた。そして、抱きしめてくれた。

十二月二十七日　麋角解《さわしかつのおつる》

二十四節気「冬至」の次候、鹿の角が落ちるころ

鹿は一夫多妻だそうな。立派な角を持つオス鹿ともなれば十頭ものメス鹿を囲うと聞いたことがある。なんとも面倒な話だなと思った。

角なら私も生えている。縄張りを守るために蓄えているのでも美しさを魅せるためでもない。傷がついた心を上手く修復できず膿が出て頭の上にのぼり溜まっていく。やがて固くなり角になる。思春期には急成長し、角を鋭く磨きはじめるようになった。そして結婚式では角隠しを被り、三三九度の杯を酌み交わした。あれからも角は太く大きく育ちつづけているから、あんな小さな布切れで隠れるくらいの角ならかわいいじゃないかと思う。それだけじゃない、私の背中にはびっしり針が生えている。まるでヤマアラシみたいに。それも隠すために分厚い打掛を着た。鬼に金棒ならよく聞く言葉だが、鬼に針の甲冑は聞いたことがない。

けれども小心者だから、これは家の中だけの姿だ。外では猫を六枚被っている。実にややこ

しいので、今一度整理しよう。今の私は、頭に大きな一本角が生えていて、背中に針がびっしりの甲冑を身にまとった内弁慶ということになる。牛若丸もたじろぐだろう。

そんな荒くれ者と結婚した夫は、今のところ、他の誰かを妻にしている様子はない。私の夫の気持ちになっていろいろ考えると角も針もするすると縮みそうなものだが、なかなかそうはいかない。我が家だけの話ではなく、今の日本が一夫多妻、一妻多夫制だったらどうだろう。十人の妻を持つ男。十人の夫を持つ女。サスペンスドラマの題名みたいだ。

月曜日の夫に会うのに猫を六枚着て出かけ、脱ぎ、また猫を被り外出し、火曜日の夫に会いにいく。火曜日の夫の前では、最後の一枚を脱いでいないかもしれない。かさばる猫の尾をもてあそびながらひと晩過ごす。明朝、残る猫を被り直し水曜日の家に行く。しかし火曜日の家では脱いだ五枚の猫をどこに置いておくのだろうか。玄関前の植木鉢の下に隠しておけるような大きさのものでもないだろう。ここまで考えてギブアップ。こんな面倒なこと私にはできそうにない。

夫が一夫一妻制に、私に満足しているかはわからないが、こんな稀有な人は他にいない。ヤマアラシと暮らしていても血だらけにならないのだから。それでも私は、家内安全のために角の先にヤスリをかけつづける。鹿みたいに生えかわってくれないから。

一月一日　雪下出麦《ゆきわたりてむぎのびる》

二十四節気「冬至」の末候、雪の下で麦が芽を出し始めるころ

元旦の神社は混んでいた。楼門をくぐると参拝者の列はジグザグになっていて、境内を埋め尽くしていた。警備員に促され最後尾につくと、案外列は進む。ゆっくりではあるけれど拝殿に近づいていた。

私の前は女の子だった。彼女は大人のお腹くらいの身長で、お父さんとお母さんに手をつながれていた。神様がどこにいるのか尋ね、お父さんとお母さんが答えるたび、小さい彼女の頭は右左と動く。そうするうち柔らかい髪が静電気で持ち上がり、それに気づいた小さい彼女はわざと頭を振ってみたりしていた。

静電気で持ち上がる髪の毛をぼんやり見ていた時、私の横に女性が立っていることに気がついた。ショートボブですらりとした女性だった。色白の女性の太めのアイラインと長く上を向いた睫毛《まつげ》を見た時、自分のすっぴんを思い出した。私は恥ずかしくなって慌てて下を向いた。

女性はエナメルの靴を履いていて、すべてが整っていた。寒さ対策だけを考えて着込みブクブクになっている私とはまるで違う。私の恰好は神様に新年の挨拶をするにしてはひどすぎた。きっと神様も、キチンとしたこの人の挨拶を優先して聞くのだろうなと考えていた時だった。私の横にいた女性はスルスルと歩みを進め、実に巧みに割り込みつづけ、あっという間に拝殿までたどり着いた。

私は何も言えなかった。他の参拝者が何も言わなかったから私もそうしたのではない。鏡を自分に向けられたような気がして、身動きがとれなかったのだ。心臓の奥にある私の狡猾な部分に鏡の反射光が当たっているようで、まごついたのだった。私はいったい何に目を奪われていたのだろうか。

再び視線を落とすと、女の子の髪が私のコートに引っ張られるようにくっついていた。

「すみません」と小さく頭を下げ、娘の髪を撫《な》でつけるお母さんの手は、赤切れていたけれど、しなやかで美しかった。拝殿まで小さい彼女が押されないように気をつけて歩いた。

一月七日　芹乃栄《せりすなわちさかう》

二十四節気「小寒」の初候、芹が茂るころ

人参、セロリ、三つ葉、チャービル、ディル、これらは全てセリ科の植物であり特別好きな野菜やハーブだ。そして、私が栽培に苦戦する野菜とハーブでもある。セリ科の野菜は上手く育たない。シロのPotagerとは、どうも相性が悪い。家庭菜園を始めて五年、一度も満足いく収穫はできていない。

人参は特に難しい。私の住む地域では四月と七月に種まきができる。根が育ちやすいように念入りに深く耕すのだが、七月の深耕は過酷を極める。着ていたシャツが絞れるくらいに汗が出て、自分の吐く息でよけい暑く感じ、鍬《くわ》をふり下ろすたび挫《くじ》けそうになる。だから、土から抜いた瞬間の香りを思い、自分を励ましながら耕す。人参はセリ科とあって、葉からは清涼感を感じる苦いような青い香りがする。私はこの香りが好きだ。けれども、抜いた瞬間から刻一刻と香りが逃げていく。土から抜いた、あの瞬間を味わいたいのだ。だのに、人参は発芽すらしてくれない。

まるでシロのようだ。シロがすやすやと気持ち良さそうに眠る姿が見たくて、新しいベッドを買ったのに全然使ってくれなかったり、特注の服を着てくれなかったり、夫の顔はなめるのに私の顔は拒否したり、絶対に抱っこさせてくれなかったりする。期待しただけ裏切られた気持ちになるのだけれど、私の片思いだということは知っている。

思い出す強い気持ちは、だいたい片思いだ。中学生のころ目立ちたくなくて、気配を消せないか毎日試行錯誤していたら「何考えとるかわからん」と好きだった男子に嫌悪の表情で言われた。優しいあの子は、きっと言葉を選んでくれたはずだ。言葉を選ばなければ「きもい」だったかもしれない。私は、どう振る舞ったらよいのか余計わからなくなり、中学校を卒業するまで猫背で過ごした。

人参の栽培方法のコツはいろいろとあるようで、毎年、本に書かれている通りに挑戦している。人参農家の義姉夫婦にアドバイスをもらおうと質問したこともあったが「うちの人参をあげるよ」と微笑むだけだった。そして、袋いっぱいの人参をくれる。優しい義兄と義姉の育てた人参は、いつだって甘い。

一月十日　水泉動《しみずあたたかをふくむ》

二十四節気「小寒」の次候、凍っていた泉の水が少しずつ動き始めるころ

「成人の日」が毎年変わるようになって久しいが、いまだに十五日という感覚が抜けない。成人年齢も変わって十八歳。そのころの私は子供だったなと思う。思うような絵が描けず毎晩泣いて、腫《は》れた瞼《まぶた》で学校に行っていた。けれども、今よりあのころのほうがしっかりしていたなとも思う。我慢強かったとも思う。どんどんだらしなくなっているのだ。

どうしようもない私の話は、置いておいて、大人の定義って何だろうと考えてみる。実に難しい。十八歳になったら大人？　税金を納めたら大人？　親になったら大人？　どれも、きっと大人の条件なのだろうが、私の思う大人は、人を笑わせられる人だ。笑われるのではなくて、笑ってもらっているのでもなく、茶化すのでもなく、誰も傷つけず、自分も傷つかないで人を笑わせられる人。これには幅広い知識と感性と余裕が必要ではないだろうか。

介護現場で働いていた時の先輩がそうだった。先輩は当時三十歳。漫画の『こちら葛飾区亀

有公園前派出所』の両津勘吉に似ていることから、同僚からは両ちゃんと呼ばれていた。先輩には人の気持ちを緩ませる魅力があった。体が思うように動かず塞《ふさ》ぎ込んでいる利用者さんが先輩と接すると次第に笑顔になったし、普段水分補給を嫌がる方が先輩の介助ではたくさんお茶を飲んだりした。先輩がいるだけで明るい雰囲気になったし、レクリエーションでは笑いが止まらず苦しそうに呼吸される方もいた。一緒に仕事をする私も楽しかった。先輩はいつも介護知識を勉強して介護技術の向上を目指しておられた。そして、ひょうきんで、余裕が感じられた。

今、私は当時の先輩の年齢をはるかに超えたのだけれど、何もかもが未熟なままだ。自分もいつしか、誰かを笑わせられるようになりたい。はやく大人になりたい。

一月十五日　雉始雊《きじはじめてなく》

二十四節気「小寒」の末候、雉のオスがメスを求めて鳴き始めるころ

子どものころたくさん引っ越しをした。大阪、石川、愛知、神奈川など七都市。暮らしたところには必ずおいしいものがあった。大阪のイカ焼き、金沢のじぶ煮、名古屋のひつまぶしなど。けれども、自分で作る料理は関西風に仕上がる。父が京都出身だったことと多感な時期を関西で過ごしたことが大きな理由だろう。関西風だと献立も塩梅も迷うことがない。卵焼きには砂糖を入れたことがなかったし、うどんのつゆの色も薄い。関東風の甘い卵焼きを「うんま！」と思うし、甘めのつゆで食べた蕎麦も絶品だが、レシピなしでは作れない。

夫は甘い卵焼きを食べて育ったそうだ。結婚後十年を過ぎたころに知った。我慢して食べていたのかと問うと、楽しんでいたと言う。それ以来、両方味わいたい欲張りな夫のため、代わるがわる焼いている。二十年以上一緒に暮らしていると、味覚が似てくるようで、最近はお互いの嗜好に驚くことも少なくなった。けれども違う場所で、違うものを食べて育ってきたのだ

なと実感することは今でもある。その小さな違いを橋渡ししてくれるのは出汁《だし》だと思う。

「お出汁をしっかりとって醤油と味噌は香り付け、塩は風味を整えるため」。私は祖母が教えてくれたこの言葉を頼りに毎日料理している。祖母は滋賀から京都に嫁いだ人で料理上手だった。なかでも昆布の佃煮が絶品だった。庭の山椒の実と一緒に炊いた素朴なもの。素朴というよりも、時折小さな枝が混入していて歯茎に刺さると飛び上がるほど痛いワイルドな佃煮だったが、私は必ずご飯をおかわりした。「始末のええように」が口癖だった祖母は、出汁をとった後の昆布で作っていたようだ。

そんなわけで、出汁が欠かせない。出汁をとる時はお鍋から離れず、フッフッと香りが立ってくる瞬間を逃さずに火からおろすものと教わった記憶があるが、最近は電子レンジで簡単にとっている。あらかじめ、耐熱の器に水を入れ昆布を浸しておく。後はレンジでチンするだけ。普段のお味噌汁や煮物くらいなら十分だし、余ったら器のまま冷蔵保存できる。

それでも、今日は濃いめの出汁がいいなとか、お客様が来る日は鍋でとっている。そうしてとった出汁で作る料理は、私の頼りない味付けでも必ずおいしく仕上がる。

今夜も「おいしかった。ごちそうさまでした」が聞けるといいな。

一月二十日

款冬華《ふきのはなさく》

二十四節気「大寒」の初候、凍てつく寒さの中フキノトウが顔を出し始めるころ

六歳のころの好きなおやつといえばサラミ、チーズ、目刺し、いかり豆だった。我ながら渋い好みだったと思う。当時父に連れられて通った市場で、イカの口を食べつづける私を見て、大人たちは「鈴ちゃんは、のんべえになるな」と目をまるくした。なかには「大きくなったら、おじちゃんと飲もうや」とサシ飲みの約束をしてくれる人もいた。残念ながら多くの大人の期待を裏切り下戸に成長したのだが、おつまみが好きなのは今もかわらない。

私は二十歳のころまで甘い物が苦手だった。あんパンなどは喉《のど》が焼けるような感覚になり飲み込めなかった。

甘い物は苦手だけれど、酸味のあるチーズケーキは食べられたから、自分でも頻繁に作っていた。初めてチーズケーキを作ったのは十一歳。そのころは家にオーブンがなく、圧手鍋の中

に蒸し鍋用のすのこを置き、オーブン代わりに使っていた。焼けるまでに二時間くらいかかっていたけれど、特別長いとも感じず台所に座っていた。私の食への執念はそのころ既に成熟していたのだ。

そのチーズケーキはカッテージチーズとクリームチーズを二種類使うレシピで、リッチな味わいだった。けれども、材料の余りが出たり、焼き時間を長く感じてきたりして、レシピの改良をつづけ、今は、混ぜて焼くだけの簡単レシピに辿りついた。気軽に作れるのに濃厚な、このチーズケーキを気に入っている。

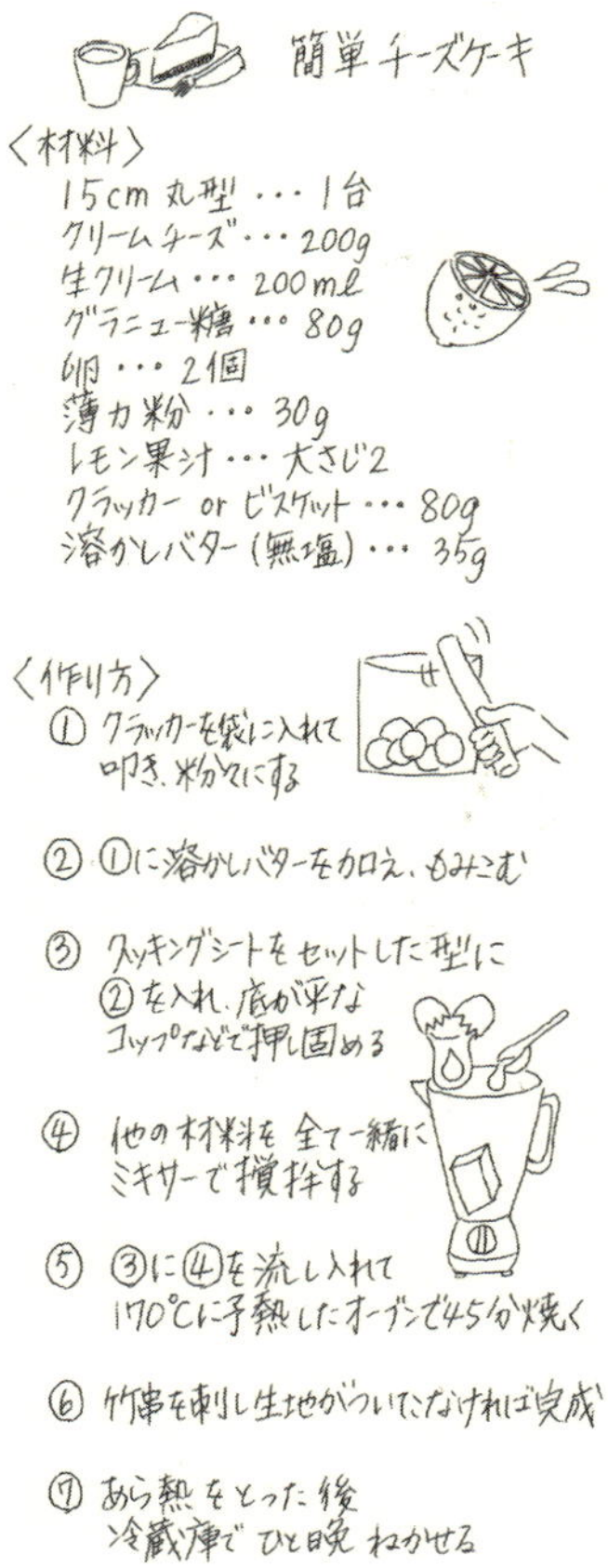
簡単チーズケーキ
〈材料〉
15cm 丸型・・・1台
クリームチーズ・・・200g
生クリーム・・・200ml
グラニュー糖・・・80g
卵・・・2個
薄力粉・・・30g
レモン果汁・・・大さじ2
クラッカー or ビスケット・・・80g
溶かしバター(無塩)・・・35g
〈作り方〉
① クラッカーを袋に入れて叩き、粉々にする
② ①に溶かしバターを加え、もみこむ
③ クッキングシートをセットした型に②を入れ、底が平なコップなどで押し固める
④ 他の材料を全て一緒にミキサーで攪拌する
⑤ ③に④を流し入れて170℃に予熱したオーブンで45分焼く
⑥ 竹串を刺し生地がついてなければ完成
⑦ あら熱をとった後冷蔵庫でひと晩ねかせる

一月二十五日　水沢腹堅《さわみずこおりつめる》

二十四節気「大寒」の次候、沢の水さえも凍るもっとも寒いころ

物が少ない我が家だが、器は少しずつ増えている。洋食器も和食器も好きで、なかでも若い作家さんが作った器に惹《ひ》かれる。陶器市などで作家さんと直接話ができる時は、しつこく質問責めをする。どんな土で、どんな釉薬で、何にこだわっていて、この先どんな作品を作りたいのか……。陶芸の専門的なことはわからないのだか、実に楽しい。

どなたからも器作りの熱情が感じられる。どんどん早口になっていく方や、窯《かま》の写真を見せてくださる方など、話がより難しくなっていく。けれど、表情は澄んでいく。作品が気になって声をかけたはずなのに、この人だから素敵な器が生まれるのではと思う。とにもかくにも、作品と作家さんに魅了されて、迷いに迷って、選《え》りすぐりのひとつを抱いて帰って来るのだから、どれも大切な器だ。

そんなわけで器どうし傷つけあわないよう、小さく裂いた手ぬぐいを器と器の間に挟んで棚

に仕舞っている。それでも器は割れてしまう。なぜだか大切な器ほど割れてしまう。

幼いころ私が器を割ってしまった時、祖母が「ひとつの物がふたつになって縁起がええんやで」と励ましてくれたことがある。階段の昇り降り、箸の上げ下げ、襖《ふすま》の開け方にお辞儀の仕方……、作法に厳しい祖母だったから叱られると思った私は拍子抜けをした。そして、物をとても大切にする祖母が、割れた器を潔く手放したのを見て、暮らしの極意のようなものを感じたのだった。だから、今でも器が割れた時は「今日は縁起がいい日」と口に出して言うようにしている。

とはいえ、思い出深い器を手放すのは後ろ髪を引かれるよう。祖母のように潔く捨てられないから、いつか、金継ぎをしようと思っている。

割れた器も、食器棚の隅に少しずつ増えつづけている。

二月二日

鶏始乳《にわとりはじめてとやにつく》

二十四節気「大寒」の末候、鶏が卵を産み始めるころ

シロのPotagerに初めて植えたのは二本の梅の木だった。何を選んで、どう植えたら良いのか何も知らないまま種苗店で選んだ甲州小梅と南高梅。畑の土をスコップで掘り、植えた。そのときはまだ、畑に名前はなかった。何もない平らな土のなかに、私の人差し指くらいの太さの、私の膝くらいの高さの苗木が二本、所在なさげにあるだけだった。

梅の木は私の背ほどに育ち、今朝、蕾《つぼみ》をつけた。シロのPotagerが賑やかになるようでうれしい。

賑やかといえば、最近Potagerの周りが活気づいた。異国の言葉で会話する若者が畑仕事をしている。彼らは外国人技能実習生で、男の子も女の子もいる。

彼らは怒号の中で働いている。日本人の大人が激しく叱るのだ。見ているこちらが辛くなる。私も夫と畑仕事をしていると、言葉が乱暴になる時がある。二人で息を合わせ作業しなければ

いけない場面で、息が合わないから苛立《いら》つのだ。けれど、夫婦喧嘩と実習生に浴びせる乱暴な言葉とでは、相手に与えるダメージの大きさが違うだろう。心の病気にならないだろうか。野菜作りを嫌いにならないだろうか。黙々と働く彼らの姿を見ると心配ばかりが沸きあがる。日本人の中にも外国人実習生さんと良好な関係を築いておられる方はたくさんいるだろう。けれども、受け入れ企業からの賃金未払いや不当な長時間労働、人権侵害などの問題が度々起こっているとニュースなどで見るたび、近所の彼らの姿と重なり胸が締めつけられる。

日曜の朝、夫と一緒に散歩していた時、片言の日本語で声をかけられた。振り向くと、マスクをした青年二人が自転車にまたがっていた。外国人技能実習生さんとすぐにわかった。どうやら二人はコンビニを探しているようだった。こちらも片言で道案内をしたのだけれど、二人は案内した道とは反対の方へ疾風のように行ってしまった。貴重な休日だろうに迷子にさせてしまったかもしれないと申し訳なかった。が、また誰かに道を教えてもらえるだろうとも思った。彼らの笑顔がキラキラと輝いていることはマスクをしていてもわかったから。

「梅は百花の魁」。二人の背中を見送りながら、私はそう呟《つぶや》いた。

七十二候について

春

二十四節気　**立春《りっしゅん》**　立春を過ぎて最初に吹く強い風を「春一番」と呼びます。
初候　東風解凍（はるかぜこおりをとく）二月四〜八日
春の風が川や湖の氷を解かし始めるころ。「東風《こち》」とは春風を表す代名詞です。
次候　黄鶯睍睆（こうおうけんかんす）二月九〜十三日
春の訪れを告げる鶯が鳴き始めるころ。鶯は「春告鳥」「匂鳥」「歌詠鳥」「花見鳥」など、たくさんの異名があります。
末候　魚上氷（うおこおりをいずる）二月十四〜十八日
割れた氷の間から魚が飛び出すころ。春先の氷を「薄氷」と呼びます。

二十四節気　**雨水《うすい》**　雪や霰が雨に変わるころ。
初候　土脉潤起（つちのしょううるおいおこる）二月十九〜二十三日
あたたかな春の雨が降って大地が潤うころ。「脉」は「脈」の異体字です。
次候　霞始靆（かすみはじめてたなびく）二月二十四〜二十八日
遠くの山々に霞がかかってぼんやり見えるころ。春の霞んだ月を「朧月《おぼろづき》」と呼びます。
末候　草木萌動（そうもくめばえいずる）三月一〜五日
草木が芽吹き始めるころ。木々が新芽を出すころを「木の芽時」と言います。

二十四節気　**啓蟄**《けいちつ》　虫が目覚め土の中から出てくるころ。

初候　蟄虫啓戸（すごもりむしとをひらく）三月六～十日

冬ごもりしていた虫が姿を現すころ。昔はいろいろな生き物を「虫」と呼んでいました。鳥は「羽虫《はむし》」、獣は「毛虫《けむし》」、甲羅を持つ生き物は「甲虫《かぶとむし》」、鱗のある生き物は「鱗虫《うろこむし》」、人は「裸虫《はだかむし》」。

次候　桃始笑（ももはじめてさく）三月十一～十五日

桃の花が咲き始めるころ。花が咲くことを「笑う」と表現。花のように笑うことを「花笑《はなえ》み」と言います。

末候　菜虫化蝶（なむしちょうとなる）三月十六～二十日

青虫が蝶になるころ。天女のような紋白蝶になります。

二十四節気　**春分**《しゅんぶん》　昼と夜の長さが等しくなる。

初候　雀始巣（すずめはじめてすくう）三月二十一～二十五日

雀が巣をつくり始めるころ。多くの小鳥たちが繁殖期を迎えます。

次候　桜始開（さくらはじめてひらく）三月二十六～三十日

桜の花が咲き始めるころ。この時節に吹く強い風を「花嵐《はなあらし》」と呼び、冷え込みを「花冷え」、雨を「桜流し」と呼びます。

末候　雷乃発声（かみなりすなわちこえをはっす）三月三十一～四月四日

春の訪れを告げる雷が鳴りだすころ。「春雷《しゅんらい》」は「虫出しの雷」とも呼ばれています。

二十四節気　**清明**《せいめい》　「清明」は「清浄明潔《せいじょうめいけつ》」の略です。
初候　玄鳥至（つばめきたる）四月五〜九日
燕が海を渡って日本にやってくるころ。勤勉で子育てに熱心な燕は、雛のために一日三百回以上も餌を運びます。
次候　鴻雁北（こうがんかえる）四月十〜十四日
雁が北へ帰っていくころ。雁は夏はシベリアで、冬は日本で過ごします。
末候　虹始見（にじはじめてあらわる）四月十五〜十九日
虹が現れ始めるころ。春の虹は、夏の虹に比べて淡い。

二十四節気　**穀雨**《こくう》　この時節に降る雨は、あらゆる農作物を成長させることから「百穀春雨《ひゃっこくはるさめ》」とも呼ばれます。
初候　葭始生（あしはじめてしょうず）四月二十〜二十四日
葭が芽吹き始めるころ。日本は古くから「豊葭原瑞穂之国《とよあしはらみずほのくに》」と呼ばれるように葭原に被われていました。
次候　霜止出苗（しもやみてなえいずる）四月二十五〜二十九日
苗代で稲の苗が成長するころ。本格的な農作業にとりかかる時候です。
末候　牡丹華（ぼたんはなさく）四月三十〜五月四日
牡丹の花が咲くころ。中国では、その艶やかな花姿から「百花の王」と呼ばれています。

夏

二十四節気　**立夏**《りっか》　さまざまな花が咲きます。

初候　竈始鳴（かわずはじめてなく）五月五～九日
蛙が鳴き始めるころ。「かわず」は蛙の歌語・雅語です。
次候　蚯蚓出（みみずいずる）五月十～十五日
冬眠していたミミズが出てくるころ。ミミズは土を耕す益虫です。
末候　竹笋生（たけのこしょうず）五月十六～二十日
タケノコが生えてくるころ。筍の生命力が初夏を象徴します。

二十四節気　**小満**《しょうまん》　少し体を動かすと汗ばむ時節です。
初候　蚕起食桑（かいこおきてくわをはむ）五月二十一～二十五日
蚕が桑の葉を食べ成長するころ。蚕は普通一匹でひとつの繭をつくりますが、稀にオスとメスの二匹がひとつの繭をつくることがあります。これを「玉繭《たままゆ》」と言い、玉繭から紡ぎ出される糸は、独特の風合いがあります。そんな糸で織られたのが「紬」の生地です。
次候　紅花栄（べにばなさかう）五月二十六～三十日
紅花が盛んに咲くころ。紅花は染料や口紅になり、珍重されました。
末候　麦秋至（むぎのときいたる）五月三十一～六月四日
麦が黄金色に熟すころ。「秋」は実りの季節を表します。このころに吹く爽やかな風を「麦の秋風」と呼びます。

二十四節気　**芒種**《ぼうしゅ》　芒種から数えて五日目が入梅です。

初候　蟷螂生（かまきりしょうず）六月五〜十日
カマキリが卵からかえるころ。ピンポン球ほどの卵から数百匹の子が誕生します。
次候　腐草為螢（くされたるくさほたるとなる）六月十一〜十五日
蛍が飛び始めるころ。昔は腐った草が蛍になると考えられていました。
末候　梅子黄（うめのみきばむ）六月十六〜二十日
梅の実が熟すころ。梅は昔から薬用としても重宝されていました。日本最古の医学書にも「梅は三毒を絶つ」と書かれています。

二十四節気　**夏至**《げし》　一年で一番太陽が高くのぼる日。梅雨の盛り。
初候　乃東枯（なつかれくさかるる）六月二十一〜二十五日
ウツボグサが枯れたように見えるころ。花穂の形が、弓を入れる筒「靭《うつぼ》」に似ていることからこの呼び名になりました。
次候　菖蒲華（あやめはなさく）六月二十六〜七月一日
ショウブの花が咲き始めるころ。端午の節供に用いる菖蒲ではなく、花菖蒲のことです。
末候　半夏生（はんげしょうず）七月二〜六日
カラスビシャクが生え始めるころ。「半夏」は「烏柄杓《からすびしゃく》」の異名。田植えを終える目安とされました。

二十四節気　**小暑**《しょうしょ》　小暑から大暑までの三十日間が「暑中」と言う。
初候　温風至（あつかぜいたる）七月七〜十一日

次候　熱い風が吹いてくるころ。「温風」は夏の季語で、梅雨明けのころに吹く南風のこと。
次候　蓮始開（はすはじめてひらく）七月十二〜十六日
蓮の花が咲き始めるころ。蓮は万葉集の時代には「ハチス（蜂巣）」と呼ばれていて、やがて「ハス」になりました。
末候　鷹乃学習（たかすなわちがくしゅうす）七月十七〜二十二日
鷹の雛が飛び方を覚え巣立つころ。獲物を捕らえ一人前になっていきます。

二十四節気　**大暑**《たいしょ》　最も暑さが厳しいころ。
初候　桐始結花（きりはじめてはなをむすぶ）七月二十三〜二十七日
桐の花が実をむすぶころ。『枕草子』には鳳凰のとまる木と書かれてあります。
次候　土潤溽暑（つちうるおうてむしあつし）七月二十八〜八月一日
蒸し暑いころ。蒸し暑いことを「溽暑《じょくしょ》」と言います。
末候　大雨時行（たいうときどきふる）八月二〜六日
夕立が降るころ。むくむくと湧き上がる入道雲が夕立になり、乾いた大地を潤します。

秋

二十四節気　**立秋**《りっしゅう》　立秋を迎えた後の暑さを「残暑」と言う。
初候　涼風至（すずかぜいたる）八月七〜十一日
涼やかな風を感じるころ。歳時記での「涼風」は夏の季語。秋になってからの涼しさは「新涼」。

次候　寒蟬鳴（ひぐらしなく）八月十二～十七日
ヒグラシが鳴くころ。「蛍二十日に蝉三日」とは、物事の盛りが短いたとえ。
末候　蒙霧升降（ふかききりまとう）八月十八～二十二日
深い霧がたち込めるころ。秋の「霧」に対して、春は「霞」と呼びます。

二十四節気　**処暑**《しょしょ》　残暑の中にも秋の兆し。
初候　綿柎開（わたのはなしべひらく）八月二十三～二十七日
綿を包むガクが開き始めるころ。綿の実がはじけ白いふわふわが顔をのぞかせた様子です。
次候　天地始粛（てんちはじめてさむし）八月二十八日～九月一日
暑さがようやくおさまり始めるころ。「粛」は縮む、しずまるという意味です。
末候　禾乃登（こくものすなわちみのる）九月二～七日
稲が実り穂を垂らすころ。「禾」は首を垂れた稲穂を表した象形文字です。

二十四節気　**白露**《はくろ》　小さくてすぐに消えてしまう露は、命のはかなさにもたとえられます。
初候　草露白（くさのつゆしろし）九月八～十二日
草に降りた露が白く輝いて見えるころ。露のことを「月の雫」とも言います。
次候　鶺鴒鳴（せきれいなく）九月十三～十七日
セキレイが鳴くころ。セキレイは日本神話にも登場し、別名は「恋教え鳥」。
末候　玄鳥去（つばめさる）九月十八～二十二日

燕が去るころ。燕が子育てを終え、南へ帰ります。春までしばしのお別れです。

二十四節気　**秋分**《しゅうぶん》　一年のことを「春秋」とも言います。

初候　雷乃収声（かみなりすなわちこえをおさむ）九月二十三～二十七日

雷がおさまるころ。雷神は稲の豊作をもたらす神様です。

次候　蟄虫坏戸（むしかくれてとをふさぐ）九月二十八～十月二日

虫が冬ごもりに備えるころ。気の早い虫が冬の支度を始めるようです。

末候　水始涸（みずはじめてかるる）十月三～七日

田んぼの水を抜き稲刈りをするころ。井戸の水が枯れ始めるころとの説もあります。

二十四節気　**寒露**《かんろ》　高い山から紅葉が始まります。

初候　鴻雁来（こうがんきたる）十月八～十二日

北からガンが渡ってくるころ。ガンは水に浮いたまま眠ることから「浮寝鳥」とも呼ばれます。

次候　菊花開（きくのはなひらく）十月十三～十七日

菊の花が咲き始めるころ。旧暦では重陽の節供の時期、菊で長寿を祈願しました。

末候　蟋蟀在戸（きりぎりすとにあり）十月十八～二十二日

秋の虫が戸口で鳴くころ。「蟋」はコオロギ、「蟀」はコオロギやキリギリスのこと。ギーッチョンと鳴くのはキリギリスです。

二十四節気　**霜降**《そうこう》　平地でも朝夕は冷気を感じるようになる。
初候　霜始降（しもはじめてふる）十月二十三〜二十七日
山里では霜が降り始めるころ。草木や作物を枯らす霜を警戒する時期です。
次候　霎時施（こさめときどきふる）十月二十八〜十一月一日
ときどき小雨の降るころ。「霎」をしぐれと読むことも。「施」は広く恵みをほどこす意味です。
末候　楓蔦黄（もみじつたきばむ）十一月二〜六日
葉が色づき始めるころ。山が色づき始めることを「山粧《やまよそお》う」と言います。

冬

二十四節気　**立冬**《りっとう》　立冬を過ぎてからの暖かい日を「小春日和」。
初候　山茶始開（つばきはじめてひらく）十一月七〜十一日
サザンカの花が咲き始めるころ。「山茶」をツバキとするのは中国、日本では「サザンカ」のことを言います。
次候　地始凍（ちはじめてこおる）十一月十二〜十六日
大地が凍り始めるころ。霜に一面おおわれた地面を「霜畳」と言います。
末候　金盞香（きんせんかさく）十一月十七〜二十一日
水仙の花が咲き始めるころ。「金盞」は金の盃のことで、水仙の黄色い冠を見立てています。
二十四節気　**小雪**《しょうせつ》　北国や高い山からは、雪の便りが届きます。

初候　虹蔵不見（にじかくれてみえず）十一月二十二～二十六日
夏のような虹を見かけなくなるころ。「蔵」には潜むという意味があります。
次候　朔風払葉（きたかぜこのはをはらう）十一月二十七～十二月一日
北風が木々の枯れ葉を落とすころ。「朔風」は北風のこと。落葉し尽くした冬の山を「山眠る」と言います。
末候　橘始黄（たちばなはじめてきばむ）十二月二～六日
橘の実が黄色く色づき始めるころ。常緑樹の橘は、永遠の象徴。

二十四節気　**大雪**《たいせつ》　多雪地では「雪吊り」の準備が始まります。
初候　閉塞成冬（そらさむくふゆとなる）十二月七～十一日
本格的な冬が訪れるころ。空を塞ぐかのように重苦しい空が真冬の空です。
次候　熊蟄穴（くまあなにこもる）十二月十二～十五日
動物たちが冬ごもりをするころ。熊は冬眠中何も食べずに過ごすため、秋に食いだめをします。
末候　鱖魚群（さけのうおむらがる）十二月十六～二十一日
鮭が群がり川を上っていくころ。川で生まれた鮭は海を回遊し古郷の川へ帰ります。そして、産卵し一生を終えます。

二十四節気　**冬至**《とうじ》　柚子湯に入り、南瓜を食べる。
初候　乃東生（なつかれくさしょうず）十二月二十二～二十六日
ウツボグサの芽が出てくるころ。漢方では「夏枯草」と呼ばれ、英名は「オールヒール」。

次候　麋角解（さわしかつのおつる）十二月二十七〜三十一日
鹿の角が落ちるころ。「麋」は中国に生息する鹿のことで、日本に生息する鹿の角は春に生え変わります。
末候　雪下出麦（ゆきわたりてむぎのびる）一月一〜四日
雪の下で麦が芽を出し始めるころ。浮き上がった芽を踏む「麦踏み」には、根の張りを良くして、耐寒性を高める効果があります。

二十四節気　小寒《しょうかん》　「寒の入り」はこの時節。
初候　芹乃栄（せりすなわちさかう）一月五〜九日
芹が茂るころ。春の七草のひとつ。競り合うように群生する様子からセリと名がつきました。
次候　水泉動（しみずあたたかをふくむ）一月十〜十四日
凍っていた泉の水が少しずつ動き始めるころ。かすかな暖かさを愛おしく感じます。
末候　雉始雊（きじはじめてなく）一月十五〜十九日
雉のオスがメスを求めて鳴き始めるころ。ケーンケーンと甲高い声をあげます。羽音のホロホロと合わせて「けんもほろろ」の由来になったとか。

二十四節気　大寒《だいかん》　寒さが極まる。
初候　款冬華（ふきのはなさく）一月二十〜二十四日
凍てつく寒さの中フキノトウが顔を出し始めるころ。冬に黄色い花を咲かせるため「冬黄《フユキ》」と呼ばれていたものがフキに変化したと考えられています。

次候　水沢腹堅（さわみずこおりつめる）一月二十五～二十九日
沢の水さえも凍るもっとも寒いころ。春への思いがつのります。

末候　鶏始乳（にわとりはじめてとやにつく）一月三十～二月三日
鶏が卵を産み始めるころ。本来、鶏は冬は産卵せず春が近づくと卵を産みます。鶏の卵は春の象徴とされています。

おもな参考資料

『365日で味わう　美しい日本の季語』金子兜太監修（誠文堂新光社／2010年）
『旧暦読本　現代に生きる「こよみ」の知恵』岡田芳朗著（創元社／2006年）
『にっぽんの歳時記ずかん　新装版』平野恵理子著（幻冬舎／2023年）
『草木名の語源』江副水城著（鳥影社／2018年）
『一日一花を愉しむ　花の歳時記366』金田初代監修（西東社／2020年）
『決定版　四季の散歩が楽しくなる　雑草・山野草の呼び名事典』亀田龍吉著（世界文化ブックス／2024年）
『七十二候を楽しむ野草図鑑』大海淳著（青春出版社／2024年）

あとがき

私が入院をしたのは、新型コロナウイルスの大きな波の最中でした。病院ではたくさんの方が働いておられました。ステイホームが日常になりつつありましたから、夫とシロ以外の誰かとたくさん会話をするのは久しぶりでした。不謹慎かもしれませんが、病院でのおしゃべりは楽しかった。随分と歳の離れた看護師さんたちのおどける様子は可愛らしく心和みましたし、毎朝部屋を掃除して下さる女性の所作は美しかった。お一人お一人と言葉を交わすうち、重たかった気持ちが軽くなり、手術への恐れが薄れていきました。改めて言葉のもつパワーを実感しました。パンデミックの中、ひたむきに働いておられた医療従事者の皆様に心から敬服いたします。

この本は二〇二〇年から四年間にわたり書き綴ったものです。その間、根気よく文章の指導をして下さった劉永昇編集長にお礼申し上げます。また、装幀デザインの澤口環様、風媒社の皆様、ご協力下さった全ての方々に感謝いたします。

これからも、きっと不器用なままですが、まわりのひとに心を尽くせるひとでいたい。恥ずかしがらずに、気持ちを伝えられるひとでいようと思います。シロの父ちゃん、シロ、みんな、大好きだよ。

この本を手に取り、読んでいただきましてありがとうございました。

［著者略歴］
平林 鈴子（ひらばやし　すずこ）
美術大学を卒業後、介護職を経て24歳で結婚。
結婚後は一般企業で事務の仕事をしていたが40歳を機に退職。今はおよそ160坪の畑を耕しながら、夫と柴犬と暮らしている。
【著書】『シロのPotager』（風媒社、2020年）

装幀◎澤口環

昼の月

2024年10月17日　第1刷発行　　（定価はカバーに表示してあります）

著　者　　平林 鈴子
発行者　　山口　章

発行所　名古屋市中区大須 1-16-29
振替 00880-5-5616 電話 052-218-7808　風媒社
http://www.fubaisha.com/

＊印刷・製本／モリモト印刷

ISBN978-4-8331-5463-5